DIDON

TRAGEDIE

Représentée pour la premiere fois sur le Théatre de la Comédie Françoise le 21 du mois de Juin 1734.

Le prix est de trente sols.

par Lefranc.

A PARIS,

Chez CHAUBERT, Quay des Augustins à la Renommée, & à la Prudence.

M. DCC. XXXIV.

Avec Approbation & Privilege du Roy.

ACTEURS

DIDON, Reine de Carthage.

ENE'E, Chef des Troïens.

IARBE, Roi de Numidie.

ELISE.

MADHERBAL, Miniſtre & Général des Carthaginois.

ACHATE, Capitaine Troïen.

ZAMA, Officier d'Iarbe.

BARCE', Femme de la ſuite de la Reine.

Gardes.

La Scéne eſt à Carthage dans le Palais de la Reine.

LETTRE
A MONSIEUR LE MARQUIS DE NÉELLE
CHEVALIER DES ORDRES DU ROI.

MONSIEUR,

Voici le moment critique de ma Tragédie. C'est peu de l'avoir livrée aux écueils du Théatre, j'ose lui faire soutenir le grand jour de l'impression. Les applaudissemens dont elle a été comblée sur la Scéne ne me répondent point de l'effet qu'elle produira sur l'esprit du Lecteur. L'illusion est dissipée. La déclamation des Acteurs, la pompe du Théatre ne l'accompagnent pas dans le cabinet, & c'est d'un examen plus tranquile & plus réflechi que dépend aujourd'hui sa réputation. Vous-même, Monsieur, qui l'avez si souvent honorée des éloges les plus flateurs, j'oserois dire les plus forts: vous allez l'examiner avec d'autres yeux, & l'amitié que vous avez pour moi ne me fait pas moins craindre vôtre décision que celle des Cenſeurs les plus ſéveres. J'ai cent fois éprouvé à mon avantage que vos ſentimens ne vous aveuglent pas ſur les défauts des perſonnes que vous aimez. Les qualitez du cœur, & les productions de l'eſprit trouvent en vous le juge le moins partial, & le plus éclairé. Je ne pouvois donc, Monſieur, par toutes ſortes de raiſons mieux adreſſer qu'à vous les réflexions que j'ai cru devoir précéder la lecture de ce Poëme. Elles commenceront par la Tragédie, & finiront par intéreſſer l'Auteur perſonnellement, j'oſe croire que ce dernier article ne vous les fera pas lire avec indifférence. D'ailleurs c'eſt le fruit de vos converſations, vous jugerez ſi j'ai bien recueilli.

On a toujours regardé les amours de Didon & d'Enée comme une des plus belles & des plus heureuſes imaginations de Virgile. Le prémier & peut-être l'unique objet de ce Poëte étoit de flatter l'orgueil des Romains en rapportant à eux les principaux évenemens de ſon Poëme. Ainſi ſon Héros ne deſcend aux enfers que pour y parcourir en ordre les noms & les Exploits des fameux Romains qui doivent naître un jour ſur la terre. Venus ne lui donne un bouclier fait par Vulcain que pour y tracer à ſes yeux la naiſſance, & l'éducation miraculeuſe de Romulus & de Remus, la gloire de leurs deſcendans, leurs conquêtes, leurs diviſions, leurs guerres Civiles, terminées après la défaite d'Antoine, & la paix renduë à la République ſous l'Empire d'Auguſte. Enfin pour ne pas s'écarter de l'Epiſode qui fait le ſujet de ma Tragédie, quoi de plus ingenieux que de conduire le Fondateur de la Nation Romaine chez la Reine de Carthage, d'inſpirer à Didon les ſentimens les plus tendres pour Enée, d'arracher celui-ci aux charmes d'un amour incompatible avec ſa gloire, & contraire aux ordres du Deſtin, d'établir par cette fatale ſéparation la haine & la rivalité des deux Peuples, & d'annoncer en même temps la ſupériorité des Romains ſur les Carthaginois.

Si cette partie de l'Enéide a dû être intéreſſante pour les Compatriotes de Virgile, elle ne l'eſt pas moins pour ſes Lecteurs. C'eſt un Prince échapé de l'incendie de Troïe, un Héros que les Grecs pourſuivent avec fureur, à qui les Nations étrangeres refuſent même l'hoſpitalité, qu'une tempête affreuſe jette ſur les côtes d'Afrique après avoir fait périr ou diſperſé toute ſa flotte, & qui ſe trouve lui-même réduit à la derniere extrémité, lorſque ſa deſtinée le conduit chez Didon. Cette Princeſſe auſſi malheureuſe que lui, perſécutée par ſon frere, & tirannisée par les Rois ſes voiſins ſacrifie ſes propres intérêts à l'amour dont elle ſe ſent épriſe pour Enée. Elle lui offre ſa main avec ſa couronne, & comble les Troïens de ſes bienfaits. Cependant les Dieux lui arrachent ce qu'elle a de plus cher au monde ; ſon Amant la quitte, & cette Reine infortunée aime mieux périr que de ſurvivre à la perte qu'elle vient de faire.

Voilà, Monſieur, dans quel point de vûë, j'ai toujours enviſagé cet évenement épiſodique du Poëme de Virgile. *En effet*, dit M. Racine, *nous n'avons rien de plus touchant dans tous les Poetes que la séparation de Didon, & d'Enée dans Virgile. Et qui doute que ce qui a pû fournir assez de matiere pour tout un Chant d'un Poëme Heroïque où l'action dure plusieurs jours ne puisse suffire pour le sujet d'une Tragédie dont la durée ne doit être que de quelques heures?* J'ai toujours été surpris que M. Racine ait donné la préférence à Berenice sur Didon. Ce dernier sujet auroit fait naître entre ses mains une Tragédie égale aux meilleurs Poëmes de ce grand homme. Il auroit évité les fautes que j'ai faites, & auroit sûrement enchéri sur le peu de beautez qui se trouvent dans ma Tragédie.

Aprês avoir présenté le sujet de Didon par son beau côté, en voici le vice & les inconvéniens. Didon dans l'Enéide se livre trop légerement à son amour pour un étranger qui n'est, à le suivre de près, qu'un Amant sans foi, un Prince foible, & un dévot scrupuleux. Les moïens qu'on emploïe pour le faire partir devroient être plus forts, & plus éloquens. C'est Mercure qui vient lui rendre froidement un discours de Jupiter assez médiocre. Il obéït sans sçavoir pourquoi : sa fuite est odieuse, il s'esquive comme un homme qui auroit fait un mauvais coup.

J'avoûrai sans peine qu'avec de pareils défauts, il est naturel que le titre seul de ma Tragédie ait indisposé le Public. Vous n'avez pas oublié, Monsieur, que vôtre prévention ne lui étoit pas plus favorable. Je n'avois pas l'honneur d'être connu de vous ; le hazard vous procura mon Manuscrit peu de jours avant la répresentation. Vous aviez déja condamné l'Ouvrage sur les défauts visibles du sujet : la lecture produisit un effet tout contraire, & je ne doutai plus du sort de ma Tragédie lorsque j'appris que vous l'aviez jugé digne du plus grand succès. Je m'étois toujours repenti d'avoir commencé cet Ouvrage. J'avois senti dès le premier moment que je pensai à mettre Didon sur la Scéne qu'une pareille entreprise étoit au-dessus de mes forces ; qu'il falloit bien plus de génie pour tirer parti d'un sujet aussi défectueux, que pour en créer un tout neuf, que j'avois besoin d'un art infini pour ennoblir le caractere de mon Héros, en conservant le vernis de celui qu'il a dans l'Enéïde, qu'il étoit enfin essentiel d'imaginer un dénoûment qui rendît sa fuite légitime, & qui mît le Spectateur dans la nécessité d'admirer Enée, & de plaindre Didon. Je crus que je devois faire de cette Princesse non seulement une Amante généreuse & tendre, quelquefois même passionée, mais sur-tout une Reine fiere, intrépide dans le danger, & magnanime à l'égard même de ses ennemis. Pour Enée, j'ai mieux aimé le faire soupçonner d'indifférence pendant quelques instants de l'action théatrale, que de lui donner des sentimens doucereux, & plus dignes d'un Héros de Roman, que d'un personnage tragique. J'ai fait plus. J'ai osé donner des bornes à son excessive piété ; je l'ai fait parler contre l'abus des Oracles, & l'impression qu'ils font souvent sur l'esprit des Peuples. J'ai voulu qu'il fût religieux jusqu'à un certain point ; qu'il agît toûjours de bonne foi, soit avec les Troïens lorsqu'il veut demeurer à Carthage, ſoit avec Didon lorſqu'il veut la quitter; en un mot qu'il fût Prince & honnête homme.

Je reſpecte Virgile, & je fais gloire d'être ſon admirateur; mais je ne connois pas de plus mauvais modele que lui pour les caracteres. Je prie les adorateurs de l'antiquité de ne me point confondre avec ceux qui la décrient. Je ſçais combien il eſt injuſte de faire un crime à Homere, à Sophocle, à Euripide, à Virgile & à tous les Poëtes célebres de la Grece, & de Rome d'avoir emploïé des penſées, des images, & des expreſſions qui paroiſſent ſouvent contraires aux mœurs, & au goût des François. Chaque païs a ſes mœurs, ſes coutumes, ſon langage qui doivent ſervir de regle pour décider du mérite de ſes Auteurs, & non le ſyſtéme particulier d'une ſeule nation. Mais il eſt des choſes indépendantes du goût, & des uſages des differens peuples. Telles ſont les Loix de l'honneur, de la droiture, de la valeur, de l'amitié: c'eſt ſur ces principes immuables & communs à toutes les nations du monde, que doit être établi le caractere des Héros qu'on introduit ſur la Scéne, & l'on peut condamner ſans témérité tout Auteur qui s'en écarte, fût-il Grec, Romain, ou François. Or il eſt certain que Virgile en cela bien inférieur à Homere nous a préſenté des Héros toujours médiocres, & le plus ſouvent mépriſables. C'eſt une vérité généralement reconnuë, & je doute que ſes partiſans les plus outrez me faſſent un crime d'avoir tâché de le rectifier en cette partie.

Vous voyez, Monſieur, les différens objets

qui m'ont frappé dans le ſujet que j'ai emprunté de Virgile, & le plan que je me ſuis formé pour l'accommoder au théatre. Je ne vous parle point de la ſimplicité de l'action : je ne l'ai jamais regardée comme un obſtacle. Je ſçais bien qu'il eſt difficile de donner à un ſujet ſimple tout l'intérêt, & toute la chaleur d'une action chargée de faits & d'évenemens, mais un Auteur qui a le talent d'y réuſſir, en a plus de gloire, & l'Auditeur plus de ſatisfaction. C'eſt une erreur de croire que la bizarrerie & la multiplicité des incidens embéliſſe un poëme dramatique. Sans parler des Tragédies grecques qui à force d'être ſimples ne ſont bien ſouvent que des déclamations ou des converſations, autre extrémité qu'il faut éviter avec ſoin, les Tragédies de Corneille & de Racine les plus compliquées, telles qu'Héraclius, Britannicus, &c. n'ont rien que de ſimple, & de naturel dans leur intrigue lorſqu'elle eſt une fois développée. Ce ne ſont point de ces prétendus coups de Théatre qui n'ont aucune vraiſemblance, de ces ſituations Romaneſques, de ces reconnoiſſances forcées, en un mot, de ces Tragédies qui paroiſſent avoir été faites avant qu'on en ait trouvé le ſujet ou le titre.

Vous m'avez toujours témoigné, Monſieur, combien vous étiez éloigné de ce genre qui paroît s'être mis à la mode, & je ne puis m'empêcher de vous dire que j'ai été ſurpris de trouver en vous un connoiſſeur auſſi éclairé des regles & des maximes du Théatre. Qu'un homme de vôtre eſprit & de vôtre naiſſance, qui a vêcu dans la Cour la plus polie, & la plus brillante, y ait puisé ce goût & ces lumieres qui apprennent à démêler le vrai d'avec le faux, le bon d'avec le mauvais, c'est ce qu'on voit tous les jours dans les personnes du premier rang. Mais approfondir les principes du Théatre, en examiner les liaisons & les raports, entrer dans le détail des différens genres de Tragédie : discerner ce qui est beau d'avec ce qui n'est que singulier, se tromper rarement sur la chûte ou sur le succès d'un Ouvrage, c'est ce qu'il est difficile de rencontrer chez les Auteurs même qui ont le plus réussi. On croiroit à vous entendre que vous avez fait une étude particuliere du Poëme Dramatique. Vous voulez que le * sujet soit noble, & touchant, l'intrigue simple mais censée, & conduite avec art, les situations intéressantes mais naturelles, les caracteres soutenus, en sorte qu'un Héros ne soit pas Romain dans un Acte & François dans un autre, la passion traitée avec délicatesse, les sentimens sublimes & vertueux, les raisonnemens suivis & conséquens, la versification liée, sage & majestueuse. Je conviens qu'il est rare de trouver ensemble tant de qualitez essentielles,

* Non satis est pulchra esse Poemata, dulcia sunto...
Fabula nullius veneris sine pondere & arte....
Ficta voluptatis causâ sint proxima veris.....
Servetur ad imum
Qualis ab incœpto processerit.....
Primo ne medium, medio ne discrepet imum....
Ut jam nunc dicat, jam nunc debentia dici....
Magnumque loqui, nitique cothurno....
Hor. Art. Poet.

mais

mais tout Auteur qui s'engage dans la carriere du Théatre doit aspirer à les réunir.

Je ne m'étendrai point, Monsieur, sur les détails que j'ai empruntés de Virgile. Ce Poëte est généralement sçu par cœur. Vous vous êtes donné la peine de relire avec moi le quatriéme Livre de son Enéide pour confronter les endroits que j'ai traduits, ceux que j'ai imitez, & ceux que j'ai cru devoir changer ou réformer. Le personnage de Madherbal, dont le caractere est peut-être celui de toute ma Piece, qui m'a fait le plus d'honneur dans l'esprit des gens vertueux est de mon invention, Virgile ne m'en a fourni aucun trait. Il ne fait que nommer Iarbe. Pour Enée, j'ai déja dit qu'il avoit fallu le créer; & je doute qu'on trouve dans son rôle un seul Vers tiré du Poëte Latin. Il m'a été plus utile dans le Personnage de Didon. On peut y compter environ cinquante Vers que j'ai rendus littéralement, ou qui m'ont donné de nouvelles idées. Tout le monde a retenu la maniere dont j'ai exprimé

> Nec tibi Diva parens, generis nec Dardanus Author,
> Perfide: sed duris genuit te cautibus horrens
> Caucasus, Hircanæque admorunt ubera Tigres.

On jugera si j'ai négligé le précepte de M. Despreaux, qui veut qu'en traduisant on enchérisse sur l'Original. Je conviendrai aussi, si l'on veut, que ce Vers

> Ascanio-ne pater Romanas invidet arces?

a été le fondement de cette Scéne d'Achate

& d'Enée, qui a produit tant d'émotion au Théatre. On avoûra du moins que ce Texte eſt bien court pour une Scéne de cent cinquante Vers.

Il eſt temps, Monſieur, de finir des réfléxions que j'ai crû néceſſaires, mais qui pourroient devenir trop longues. Permettez-moi ſeulement de vous entretenir encore d'une choſe qui a été ſouvent le ſujet de nos converſations. Vous me parûtes ſurpris la premiere fois que je vous parlai des diſcours qu'on m'aſſuroit avoir été tenus par pluſieurs perſonnes, ſur ce que je m'étois laiſſé connoître pour le véritable Auteur de Didon. Je devois joüir de ſon ſuccès ſans me découvrir.

Je me cacherois ſans doute, ſi j'avois le malheur de mériter par ma conduite la cenſure du Public. Mais tant qu'il m'honorera de ſes ſuffrages, je croirois en être indigne, ſi j'oſois les déſavouer. Il eſt vrai que le prétendu reproche qui m'a été fait eſt tombé de lui-même, & peut-être fais-je mal de combattre une idée qni n'exiſte encore que dans un très-petit nombre de perſonnes. Cependant il eſt triſte pour les hommes en général que dans tout ce qui intéreſſe l'humanité les uns ſe livrent aux préjugez les plus injuſtes, & que les autres en ſoient les victimes. Celui dont je parle n'eſt connu qu'en France. Je ne remonte point aux ſiecles heureux des Eſchiles, des Sophocles, des Euripides. Les Nations voiſines & ſur-tout l'Angleterre, ne rougiſſent point d'avoir autant de goût, & de vénération pour les talens de l'eſprit que les Athéniens,

& les Romains en ont eu pour tant de grands hommes qui ont attiré à ces deux Peuples les respects & l'admiration des siécles suivans.

.... Un Lord dans son païs
Fait gloire ouvertement de cultiver lui-même
Les Arts qu'il récompense, & les Talens qu'il aime. (a)

J'ai eu cependant le plaisir & la consolation de voir des personnes de la plus haute qualité, des Prélats aussi respectables par leur mérite que par leur caractere, des Magistrats du prémier ordre, approuver, je ne dis pas mon Ouvrage, mais la démarche que j'ai faite de m'en avouer l'Auteur. Tout le monde sçait que le Cardinal de Richelieu ne se contentoit pas de protéger les Poëtes Dramatiques, il vouloit joindre à la solide gloire qu'il s'étoit acquise par le Ministere, celle d'avoir composé des Ouvrages de Théatre. (b)

Ce n'est pas, Monsieur, que la Poësie, ce présent de la nature si rare & si admirable que toutes les Nations l'ont appellé *le langage des Dieux*, n'ait été souvent avilie par ceux même qui y ont excellé. Mais la faute du Poëte ne doit pas retomber sur un talent que l'on peut allier sans honte avec le rang le plus distingué, & les occupations les plus sérieuses. Il y auroit peut-être de l'inconvénient à s'y livrer tout entier. J'en dirai autant de la Métahysique, de l'Eloquence, de l'Histoire, des Mathématiques, &

(a) Vers de la Surprise de la haine, Comédie de Monsieur de Boissy.

(b) On prétend que le Cardinal de Richelieu a travaillé aux Visionaires, Comédie imprimée sous le nom de Desmarais.

generalement de toutes les Sciences. Le service de sa patrie dans les differentes professions; les devoirs de la vie civile sont notre premier objet. Tout le reste à l'envisager d'un certain côté n'est fait que pour l'amusement, ou pour se procurer une réputation qui d'ailleurs rejaillit sur la patrie. Ainsi donc, Monsieur, toute occupation de l'esprit est digne de l'homme lorsqu'elle n'influe en rien sur sa conduite. Si la Poësie est son talent principal, qu'il la rende utile en ne l'emploïant qu'à célebrer la gloire & la vertu des Héros; qu'il respecte le Gouvernement, la Religion, & le Prochain, il fera honneur à sa nation, il en sera cheri, & son merite ne sera combattu que par l'envie, cette ennemie declarée des grands succès, & des talens superieurs,

> Urit enim fulgore suo qui prægravat artes
> infra se positas. *Hor. ep. 1. lib. 2. ad Aug.*

Tels sont, Monsieur, si je ne me trompe, les sentimens où vous êtes sur l'avantage & sur l'abus de la Poësie. Vous sçavez aussi quelle est ma façon de penser à cet egard, si j'étois capable de m'en écarter, elle seroit bientôt soutenuë & raffermie par les sages conseils dont vous m'honorez. J'ose me flatter de les mériter toujours par l'attachement inviolable & respectueux avec lequel je ne cesserai point d'être.

MONSIEUR,

Votre très-humble &
très-obeissant serviteur
L***.

DIDON, TRAGEDIE.

ACTE PREMIER.

SCENE PREMIERE.

IARBE, MADHERBAL.

IARBE.

ENfin nous ſommes ſeuls, Ami, grace à tes ſoins,
Je pourrai maintenant te parler ſans témoins.

MADHERBAL.

Iarbe dans ces Murs ! Iarbe dans Carthage!
Dieux ! quels ſont les projets où vôtre ame s'engage ?
Vôtre abord en ces lieux peut vous être fatal :
Songez vous bien, Seigneur . . .

IARBE.

Ecoute, Madherbal.
J'ignore le deſtin que le Ciel me prépare ;
Mais il eſt temps enfin qu'Iarbe ſe déclare :

Tous mes Ambassadeurs irritez & confus
Trop souvent de ta Reine ont subi les refus.
Voisin de ses Etats foibles dans leur naissance,
Je croïois que Didon redoutant ma vengeance
Se résoudroit sans peine à l'Himen glorieux
D'un Monarque puissant fils du Maitre des Dieux.
Je contiens cépendant la fureur qui m'anime;
Et déguisant encor mon dépit légitime,
Pour la derniere fois en proïe à ses hauteurs
Je viens sous le faux nom de mes Ambassadeurs
Au milieu de la Cour d'une Reine étrangere
D'un refus obstiné pénétrer le Mistere :
Que sçais-je ... n'écouter qu'un transport amoureux,
Me découvrir moi même, & déclarer mes feux.

MADHERBAL.

Vos feux! Que dites vous? Ciel! Quelle est ma surprise?
Expliquez vous, Seigneur, eh quoi, votre ame éprise...

IARBE.

Je pardonne sans peine à ton étonnement,
Mais apprens aujourd'hui l'excès de mon tourment.
Jadis par mon aïeul, exclus de la Couronne,
Avant que le Destin me rappellât au Trône,
Tu sçais, comme dès lors sans maitre & sans sujets,
Attendant que le Ciel propice à mes souhaits
Justifiât le sang à qui je dois la vie,
Je quittai malgré moi les bords de Gétulie,
Et cachant avec soin ma naissance & mon nom
J'allai fixer mes pas à la Cour de Sidon.

A toi ſeul en ces lieux je me fis reconnoître ;
Je te vis déteſter les crimes de ton maitre ;
Je crus que je pouvois me livrer à ta foi :
L'épouvante regnoit dans le Palais du Roi,
On y pleuroit encor le trépas de Sichée.
Didon à ſon Epoux pour jamais arrachée
Couloit dans les ennuis ſes jours infortunez :
Je la vis, ſes beaux yeux aux larmes condamnez
Me ſoumirent ſans peine au pouvoir de leurs charmes,
J'oſai former l'eſpoir de calmer ſes allarmes,
Contre Pygmalion je voulois la ſervir :
A Didon en ſecret j'allois me découvrir,
Rien ne m'arrêtoit plus, lorſque ſa prompte fuite
Rompit les vains projets de mon ame ſéduite.
Tu voulus pénétrer mes ſecretes langueurs :
Cependant accablé des plus vives douleurs,
Malgré ton amitié, malgré ma confiance,
Je te cachai mes feux accrus dans le ſilence,
J'abandonnai l'Aſie, & fus dans nos deſerts
Enſevelir la honte & le poids de mes fers :
Je parcourus long-temps la triſte Numidie,
Les ſables enflammez de la vaſte Lybie,
Ces antres, ces forêts, & ces climats lointains,
L'horreur de la nature & l'effroi des humains
Où des plus noirs objets le ſpectacle ſauvage
D'un amant malheureux redouble encor la rage.
Ainſi n'eſperant plus qu'un ſiniſtre avenir,
Occupé nuit & jour d'un fatal ſouvenir

J'attendois qu'au milieu de mes tourmens horribles
La mort s'offrît à moi dans mes courses penibles.
Enfin après quatre ans un heureux coup du sort
De mon cruel aïeul vint m'apprendre la mort.
Dans mon cœur aussi-tôt la gloire se ranime,
J'entens qu'on me dispute un Sceptre légitime,
Qu'un Roi fier & barbare entre dans mes Etats,
A mes sujets troublez fait croire mon trépas,
Et leur ôtant le droit de se choisir un maitre,
Les armes à la main déclare qu'il veut l'être.
J'y courus; mon aspect dissipa leur effroi,
Et le Tyran vaincu fut soumis à ma loi.
Je l'avoûrai : sensible au premier avantage
Dont la Victoire & Mars honoroient mon courage,
Tout plein de mon triomphe & du plaisir flatteur
De posséder un Sceptre acquis par la valeur,
Je crus que de mes sens la gloire enfin maitresse
Sçauroit bien étouffer un reste de foiblesse,
Et que les soins cuisans d'un malheureux amour
Respecteroient le Trône & fuiroient de ma Cour.
Bien-tôt un bruit confus allarmant tous nos Princes
Répand avec terreur au fond de leurs Provinces,
Que d'un Peuple étranger arrivé dans nos ports
Les murs de jour en jour s'élevent sur ces bords.
J'apprens que de son frere évitant la furie,
Didon veut s'emparer des côtes de Lybie;
Qu'un amour mal éteint se rallume aisément!
Déja mon feu caché s'accroît à tout moment.

Rempli de cet amour je me flatte, j'eſpere,
Qu'au milieu de l'Afrique, une Reine étrangere
Ne rejettera point le ſecours & la main
D'un Prince de ſes Murs redoutable voiſin.
Par mes Ambaſſadeurs j'offre cette alliance,
Projets mal concertez ! Inutile eſpérance !
Ses refus colorez de frivoles raiſons
Deux fois m'ont accablé des plus ſanglans affronts :
Je viens peut-être épris d'une flamme trop vaine,
Tenter moi même encor cette ſuperbe Reine ;
Tout prêts à ſe montrer, mes ſoldats, mes vaiſſaux,
Couvriront autour d'elle & la terre & les eaux :
L'amour conduit mes pas, la haine peut les ſuivre ;
Dans ce doute mortel je ne ſçaurois plus vivre,
Des refus de Didon j'ai trop long-temps gémi,
Aujourd'hui ſon Amant, demain ſon Ennemi.

MADHERBAL.

Non, je ne reviens point de ma ſurpriſe extrême :
Je frémis pour Didon, je tremble pour vous même,
Seigneur, n'attendez pas que je flatte vos feux ;
Je crains que le ſuccès ne trahiſſe vos vœux.

IARBE.

Que dis-tu, Madherbal, & d'ou vient cette crainte ?
Ne me déguiſe rien, parle moi ſans contrainte.

MADHERBAL.

Que ne ſuis-je en ces lieux ce qu'autrefois j'y fus !

Vous ne formeriez point des désirs superflus.
Depuis plus de trois ans sorti de ma patrie
J'ai quitté pour Didon l'heureuse Phénicie;
Instruit qu'abandonnée aux plus tristes revers
Après avoir long-temps parcouru les deux mers,
Elle venoit aux bords où le Destin l'exile,
Contre un frere cruel mandier un azile;
Je courus, je craignis pour ses jours menacez:
La Reine dans ses Murs à peine encor tracez,
Reçut avec transport un serviteur fidele,
Et de sa confiance elle honora mon zele.
Mais qu'il faut peu compter sur la faveur des Rois!
Un instant détermine, ou renverse leur choix.
Depuis que les Troïens échapez du naufrage
Ont cherché leur azile aux remparts de Carthage,
Didon qui les attire au milieu de sa Cour,
D'emplois & de bienfaits les comble chaque jour:
Eux seuls ont chez la Reine un accueil favorable.
Ce n'est pas que j'envie un credit peu durable,
Je vois avec douleur ces Peuples étrangers
Attirer dans nos Murs la guerre & les dangers:
On dit plus, on prétend qu'une éternelle chaîne
Doit unir en secret Enée avec la Reine.

IARBE.

Que dis-tu? Quoi la Reine... ah! c'est trop m'outrager!
Je venois la fléchir, il faut donc me venger.
Les Tyriens eux même indignez contre Enée,
Souffriront à regret ce honteux Himenée;

Toi même, verras-tu d'un œil indifférent
Couronner dans ces Murs le Chef d'un Peuple errant ?
Ta chûte, des Troïens seroit bientôt l'ouvrage,
Madherbal, c'est à toi de seconder ma rage.

MADHERBAL.

Moi, Seigneur, moi rebelle ! ah ! j'en fremis d'horreur !
Mais il faut excuser l'Amour & sa fureur.
Fallût-il sur moi seul attirer la tempête,
Et dussai-je payer mes conseils de ma tête,
Je parlerai, Seigneur, & peut être ma voix
A-t-elle chez la Reine encore quelque poids.
Votre Himen est utile au bien de son Empire;
Et je me trahirois en craignant de le dire.
Mais si de Madherbal le zele parle en vain,
Si l'Etranger l'emporte, & s'il l'épouse enfin,
N'attendez rien, malgré votre douleur mortelle,
D'un Sujet, d'un Ministre à sa Reine fidele.
Jamais flatteur, toujours prêt à leur obéir,
Je sçais parler aux Rois, mais non pas les trahir.
On ouvre, rappellez toute vôtre prudence,
Et forcez votre Amour à garder le silence.

SCENE II.

DIDON, IARBE, ELISE, MADHERBAL, BARCE' *suitte de la Reine.*

IARBE.

Reine, je ne viens point retracer à vos yeux
De vos premiers refus l'éclat injurieux;
Il est temps qu'un Himen utile à vôtre gloire
D'un affront si cruel efface la mémoire.
Toujours plus affermi dans son premier dessein
Iarbe par ma voix vous offre encor la main,
Et si, sans affecter une audace trop vaine,
Un Sujet peut vanter les attraits d'une Reine,
Du Roi qui me choisit, heureux Ambassadeur,
Je puis en vous voïant vous promettre son cœur.
Pour un Himen si beau tout parle, tout vous presse,
De nos vastes Etats souveraine maitresse
En impuissans efforts, en murmures jaloux,
Laissez de vôtre frere éclater le courroux.
Jouissez à jamais de la gloire brillante
Qu'un Roi victorieux aujourd'hui vous présente;
Au nom d'Iarbe seul les Africains tremblans
Redouteront vos Murs encore chancelans
Lui seul peut désormais assurer vôtre Empire,
Terminez avec joie un Himen qu'il désire,
Et que toute l'Afrique instruite de son choix
Adore vos attraits, & respecte vos loix.

DIDON

DIDON.

Lorſque du ſort barbare innocente victime
J'ai fui loin de l'Aſie un frere qui m'opprime,
Je ne m'attendois pas qu'un Monarque fameux
Abaiſſât juſqu'à moi ſa Couronne & ſes vœux;
Je dis plus; j'avoûrai que cette préférence
Exigeoit de mon cœur plus de reconnoiſſance:
Mais tel eſt aujourd'hui l'effet de mon malheur,
Didon ne peut répondre à cet excès d'honneur.
Qu'importe à vôtre Roi l'Himen d'une étrangere?
Faut-il que mes refus excitent ſa colere?
Sauver mes jours proſcrits, rendre heureux mes Sujets,
Avec les Rois voiſins entretenir la paix,
C'eſt tout ce qu'en ces lieux Didon oſe prétendre:
Un jour mes ſucceſſeurs pourront plus entreprendre,
C'en eſt aſſez pour moi, mais je ne regne pas
Pour donner lâchement un maitre à mes Etats.

IARBE.

Vos Etats! Mais enfin, puiſqu'il faut vous le dire,
Madame, dans quels lieux fondez vous un Empire?
Ce Roi qui vous recherche, & que vous dédaignez,
Vous demande aujourd'hui de quel droit vous regnez.
Ces climats, que l'on compte au rang de vos Provinces,
Toujours pour leurs vrais Rois ont reconnu nos Princes;
Les Tyriens & vous, n'ont pû les occuper
Sans les tenir d'Iarbe, ou ſans les uſurper.

DIDON.

Ce diſcours téméraire a de quoi me ſurprendre;
Didon à ſes Pareils n'a point de compte à rendre.

Iarbe est Souverain, je suis Reine aujourd'hui,
Et ne vois rien encor qui me soumette à lui.
Mais ce Roi que le temps sçaura forcer peut-être
A craindre mon pouvoir, du moins à le connoître,
Quel droit plus que Didon a-t-il de commander?
Les Empires sont dûs à qui sçait les fonder.
Cependant quelle haine ou quelle méfiance
Armeroit contre moi vôtre injuste vengeance?
Voiez vous chaque jour mes soldats menaçans
Aller avec fureur loin de ces Murs naissans
Troubler des Africains les demeures tranquilles,
Et répandre l'effroi dans le sein de vos Villes?
Que dis-je? Ce rivage où les vents & les eaux
D'accord avec les Dieux ont poussé mes vaisseaux,
Ces bords inhabitez, ces campagnes désertes
Que sans nous la moisson n'auroit jamais couvertes,
Des rochers, des torrens & des monts escarpez,
Voilà donc ces Etats par Didon usurpez!
Mais devrois-je à vos yeux rabaissant ma Couronne
Justifier le rang que le Destin me donne?
Les Rois comme les Dieux sont au dessus des Loix,
Je regne, il n'est plus temps d'éxaminer mes droits.

IARBE.

Cette fierté m'apprend ce qu'il faut que je pense.
Ainsi d'un Roi vainqueur vous bravez la puissance:
Déja prête à partir la foudre est dans ses mains,
Madame, toutefois malgré vos fiers dédains
Forcé par son honneur de punir une injure

Qui de tous ſes Sujets excite le murmure,
S'il penſe à ſe venger, je connois bien ſon cœur,
Croïez que ſes regrets égalent ſa fureur.
Mais enfin il le faut, vôtre injuſte réponſe
Sçaura bientôt....

DIDON.

J'entens : & vois ce qu'on m'annonce.
Je ſçai combien les Rois doivent être irritez
D'une Paix, d'un Himen trop ſouvent rejettez ;
Un refus eſt pour eux le ſignal de la guerre.
Aſſiégez mes remparts, ravagez cette terre,
Iarbe contre moi doit enfin éclater,
Je l'attens ſans me plaindre & ſans le redouter.

IARBE.

Ah ! je ne ſçai que trop les raiſons... Mais, Madame,
Je devrois reſpecter les ſecrets de votre ame,
J'en ai trop dit peut-être, excuſez un Sujet
Qu'entraîne pour ſon Prince un amour indiſcret.
Je vous laiſſe ; à vos yeux mon zele a dû paroître,
Et j'apprendrai bien-tôt vos refus à mon Maitre.

SCENE III.

DIDON, ELISE, BARCE'.

ELISE.

Vous le voïez, helas ! que n'en puis-je douter !
Iarbe contre vous est tout prêt d'éclater,
Vos refus vont armer ce superbe courage,
Par ses Ambassadeurs il menace Carthage ;
Bientôt vous le verrez autour de ces remparts
La vengeance à la main porter ses Etendards :
Pygmalion lui même au bruit de tant d'allarmes
D'un Prince furieux secondera les armes,
Et des Murs de Sidon, envoïez sur ces bords
Les vaisseaux du Tyran assiégeront nos ports.
Dans un si grand danger quelle est vôtre espérance ?
Qu'attendez vous ?

DIDON.

Le Ciel prendra nôtre défense.
Ai-je donc mérité qu'un refus de ma main
Allume le courroux d'un Roi trop inhumain,
Ou qu'un frere cruel armé contre ma vie
Persécute sa sœur jusques dans la Lybie ?
Et ne comptez vous pas ces généreux Troïens
Que le Destin a mis au rang des Tyriens ?
Ces Peuples échapez aux fureurs de Neptune
Fixent dans nos climats leurs voeux & leur fortune :
Ils goûtent dans ces Murs le fruit de mes bienfaits,

Et la reconnoiſſance en a fait mes Sujets.
Enée, à ce nom ſeul mon cœur rempli de joïe
Connoît le défenſeur que le Ciel nous envoïe ;
Ce Héros à mes feux doit tout juſqu'à ce jour,
Et je devrai bien-tôt mon Trône à ſon amour.

ELISE.

Je ne condamne point ces généreuſes flammes
Que la gloire elle même allume dans nos ames :
Du Héros des Troïens les célebres exploits
Semblent de votre cœur juſtifier le choix.
Mais je crains les dangers que cet amour fait naître,
Iarbe, votre frere, & votre Amant peut être.

DIDON.

Oui, je ſçai que l'amour eſt un frivole appui,
Qu'il faut n'eſpérer rien, & tout craindre de lui,
Et qu'il trahit ſouvent un cœur qui lui confie
Le ſoin de ſon honneur ou celui de ſa vie,
Je le ſens comme vous ; mais malgré mes malheurs,
Malgré tous les efforts de mes perſécuteurs,
Je ne ſçaurois rougir d'une ardeur qui m'eſt chere ;
Quel autre plus qu'Enée eſt digne de me plaire ?
Ce Guerrier dès long-temps fameux par ſes travaux
Joint au culte des Dieux la valeur des Héros.
Au milieu des tranſports dont mon ame eſt épriſe
Je ne m'abuſe point, puis-je, ma chere Eliſe,
Douter que de Venus il n'ait reçu le jour ?
Je reconnois ſa mere à mon funeſte amour.

Helas ! de ce vainqueur ai-je pû me défendre ?
Chaque instant que livrée au plaisir de l'entendre
J'écoutois le récit de ces fameux revers
Qui du nom des Troïens remplissent l'univers,
Malgré le nouveau trouble élevé dans mon ame
Je prenois pour pitié les transports de ma flamme,
Quelle étoit mon erreur, & qu'il est dangereux
De trop plaindre un Héros aimable & malheureux !
Amour, que sur nos cœurs ton pouvoir est extrême !
Même après le danger on craint pour ce qu'on aime.
Je crois voir les combats que j'entens raconter,
Je frémis pour Enée & je cours l'arrêter ;
Tantôt sous ces remparts que la Grece environne
Je le vois affronter les fureurs de Bellonne,
Je le suis, & des Grecs défiant le courroux
Je prétens sur moi seule attirer tous leurs coups.
Mais bientôt sur ses pas je vole épouvantée
Dans les murs saccagez de Troïe ensanglantée,
Tout n'est à mes regards qu'un vaste embrasement,
A travers mille feux je cherche mon Amant.
Je tremble que du Ciel la faveur rallentie
N'abandonne le soin d'une si belle vie,
Mes vœux des Immortels implorent le secours :
Toutefois au moment de voir trancher ses jours
Dans ce dernier combat où l'entraîne la gloire,
Je crains également sa mort & sa victoire,
Je crains que des Troïens relevant tout l'espoir
Il ne m'ôte à jamais le bonheur de le voir.
Ilion, à ton sort mes yeux donnent des larmes,
Mais pardonne à l'amour qui cause mes allarmes,

De ta chûte aujourd'hui je rens graces aux Dieux,
Puiſque c'eſt à ce prix qu'Enée eſt en ces lieux.

ELISE.

Le bonheur de ma Reine eſt tout ce qui me flatte :
Mais puiſqu'il faut enfin que vôtre amour éclate,
Songez à prévenir le barbare courroux
D'un frere qui vous hait, & d'un rival jaloux.
Allons, & raſſemblez tous ceux que leur prudence
Appelle chaque jour à vôtre confiance,
Inſtruits de vos deſſeins....

DIDON.

Oüi, je vais déclarer
Un Himen que mon cœur ne veut plus différer.
Quoi ! du rang où je ſuis déplorable victime
Faut-il ſacrifier un amour légitime,
Et nourriſſant toujours d'ambitieux projets,
Immoler mon repos à de vains intérêts ?
N'ajoûtons rien aux ſoins de la grandeur ſuprême,
Trop de tourmens divers ſuivent le Diadême,
Et le deſtin des Rois eſt aſſez rigoureux
Sans que l'amour les rende encor plus malheureux.

Fin du premier Acte.

ACTE II.

SCENE I.

ENE'E, ACHATE.

ENE'E.

TAndis que de ſa Cour la Reine environnée
Aux Chefs des Tyriens apprend nôtre Himenée,
Cher Achate, je puis t'ouvrir en liberté
Les ſecrets ſentimens de mon cœur agité.
Après tant de malheurs & d'allarmes diverſes
Je n'attens déſormais que de longues traverſes,
Et je n'eſpere plus que le Ciel appaiſé
Nous accorde un repos ſi long-temps refuſé.
En vain à mes déſirs tout ſemble ici répondre,
Le Deſtin ennemi ſe plaît à me confondre:
Je ne ſçai quel remords me trouble nuit & jour;
Les jeux & les plaiſirs regnent dans cette Cour,
Cependant ſon éclat m'importune & me gêne,
Je joüis à regret des bienfaits de la Reine,
Par mille ſoins divers je me ſens déchirer.
Que m'annonce ce trouble, & que dois-je augurer?
Quoi de ces lieux encor faudra-t-il que je parte?
Se peut-il que le Ciel à jamais m'en écarte,
Et que le ſeul azile aux Troïens préſenté
Du ſort qui les pourſuit arme la cruauté?

ACHATE.

ACHATE.

Je ne reconnois point Enée à ce langage.
Qu'attendez-vous ? Fuïez les remparts de Carthage :
C'est un Arrêt des Dieux, n'en doutez pas, Seigneur,
Et leur voix aujourd'hui vous parle au fond du cœur.
Hâtez-vous de poursuivre une illustre conquête :
Eh quoi ! Vous balancez ! Quel charme vous arrête ?
Qu'est devenu ce cœur si grand, si généreux,
Que n'étonna jamais le sort le plus affreux ?

ENE'E.

Ah ! Tu sçais si ce cœur nourri dans les allarmes
Redoute pour lui seul le tumulte des armes ;
Mais dois-je aller encor sous des Cieux étrangers
Livrer un Peuple errant à de nouveaux dangers ?
Depuis la nuit funeste où les remparts de Troïe
De vos cruels vainqueurs furent la triste proïe,
Abandonné des Dieux, proscrit dans l'Univers,
Déplorable joüet & des vents & des mers,
J'ai trainé vainement de rivage en rivage
Le reste des Troïens échapé du carnage.
Nous avons crû cent fois arriver dans ces lieux
Que nous avoient promis les Ministres des Dieux ;
Mais tu sçais comme alors d'invincibles obstacles
Chaque jour à nos yeux démentoient les Oracles ;
Ici l'Onde en fureur nous éloignoit du bord,
Là par un vent plus doux conduit jusques au port
J'ai vû des Nations ensemble conjurées
Les armes à la main nous fermer leurs contrées ;

Plus loin quand mes ſoldats accablez de travaux
Se crurent parvenus à la fin de leurs maux,
Qu'ils vivoient ſans allarme & traçoient avec joïe
Les Temples & les Murs d'une ſeconde Troïe,
Je vis les Dieux armez de foudres & d'éclairs
Aux Troïens effraïez parler du haut des airs,
Et la contagion pire que le tonnerre,
Couvrir d'un ſouffle impur la face de la Terre.
Il fallut s'éloigner de ces bords infectez :
Ainſi dans tous les lieux, bannis, perſécutez,
Les Troïens fugitifs, du Midi juſqu'à l'Ourſe,
Ont pourſuivi ſans fruit une pénible courſe :
Le ſort, les élémens, les Dieux, & les mortels,
Nous expoſent ſans ceſſe aux maux les plus cruels,
Et livrez au courroux d'une injuſte Déeſſe,
Enée & les Troïens trouvent par tout la Grece.
Touché de nos malheurs un ſeul Peuple aujourd'hui
Nous reçoit dans ſes Murs, nous offre ſon appui;
Crois-tu que mes ſoldats qui joüiſſent à peine
De l'azile & des biens qu'ils doivent à la Reine,
S'il faut abandonner ces fortunez climats
Et braver ſur les flots les horreurs du trépas,
Reconnoiſſent ma voix & quittent ſans murmure
Le repos précieux que Didon leur aſſûre,
Pour aller ſur mes pas en de ſauvages lieux
Importuner encor les oracles des Dieux ?

ACHATE.

Obéïr à ſon Roi n'eſt pas un ſacrifice,

Seigneur, à vos ſoldats rendez plus de juſtice,
Le malheur, vôtre exemple, en ont fait des Héros;
Préſentez leur la gloire, ils fuiront le repos.
Mais vous-même, s'il faut vous parler ſans contrainte;
Le refus des Troïens n'eſt pas la ſeule crainte
Qui retient en ces lieux vos déſirs & vos pas:
Un ſoin plus ſéduiſant...

ENE'E.

Je ne m'en défens pas;
Je brûle pour Didon, ſa vertu magnanime
N'a que trop mérité mes feux & mon eſtime.
Je ne ſçai ſi mon cœur ſe flatte en ſon amour,
Mais peut-être le Ciel m'appelloit à ſa Cour:
Son malheur eſt le mien, ma fortune eſt la ſienne;
Elle fuit ſa patrie, & j'ai quitté la mienne;
Le fier Pygmalion pourſuit les Tyriens,
Les Grecs de toutes parts accablent les Troïens;
L'un à l'autre connus par d'affreuſes miſeres,
Le Deſtin nous raſſemble aux terres étrangeres,
Et peut-on envier à deux cœurs malheureux
Le funeſte intérêt qui les unit tous deux?
Que dis-je? Sans Didon, ſans ſes ſoins favorables,
D'Ilion fugitif les reſtes déplorables,
Inconnus dans ces lieux, ſans vaiſſeaux, ſans ſecours,
Sur un rivage aride auroient fini leurs jours.
As-tu donc oublié comme après le naufrage
Nous crûmes ſur ces bords tomber dans l'eſclavage?
Les Tyriens en foule accompagnoient nos pas,

Et déja contre nous ils murmuroient tout bas.
Sur un Trône brillant leur jeune Souveraine
Rendit d'abord le calme à mon ame incertaine,
Ses regards, ses discours, garans de sa bonté,
Cet air majestueux, cette douce fierté,
Ces charmes dont l'éclat digne ornement du Trône,
Sur le front d'une Reine embellit la Couronne,
Les hommages flatteurs d'une superbe Cour,
Tout m'inspiroit déja le respect & l'amour.
Avec quelle douceur écoutant ma priere,
Dans le noble appareil d'une pompe guerriere
Cette Reine sensible au récit de mes maux
Promit de mettre fin à mes tristes travaux!
Les effets chaque jour ont suivi sa promesse,
Achate, je dois tout aux soins de sa tendresse,
Et puis-je refuser mon cœur à ses attraits,
Quand ma reconnoissance est duë à ses bienfaits?

ACHATE.

Tel est d'un cœur épris l'aveuglement extrême,
Il se fait un plaisir de s'abuser lui même;
Et le vôtre, Seigneur, qui cherche à s'éblouïr,
Court après le danger quand il devroit le fuir.
Déja tout occupé de sa grandeur future
D'un trop honteux repos vôtre Peuple murmure,
Il croit que chaque instant retarde ses destins;
Si la gloire une fois...

ENE'E.

Et c'eſt ce que je crains.
Je ne trahirai point cette gloire inhumaine,
Mais mon cœur ſçait auſſi ce qu'il doit à la Reine;
Je la vois: trop heureux ſi je puis en ce jour,
Accorder ſans regret & l'honneur & l'amour.

SCENE II.

DIDON, ENE'E, ELISE.

DIDON.

SEigneur, il étoit temps que ma bouche elle même
Aux Peuples de Carthage apprît que je vous aime;
Et qu'un nœud ſolemnel gage de nôtre foi,
Devoit aux yeux de tous vous engager à moi.
A cet heureux Himen je vois que tout conſpire,
Le ſalut des Troïens, l'éclat de mon Empire.
Ce n'eſt pas l'amour ſeul dont le tendre lien
Doit unir à jamais vôtre ſort & le mien,
Un intérêt commun aujourd'hui nous engage;
Je termine vos maux, vous défendrez Carthage,
Et malgré tant de Rois contre nous irritez
Vous ſçaurez affermir le Trône où vous montez.
Cher Prince, qu'il eſt doux pour mon cœur, pour le vôtre,
Que nôtre ſort dépende & de l'un & de l'autre,
Et qu'un lien charmant, l'objet de tous nos vœux,

Finisse nos malheurs en couronnant nos feux !

ENE'E.

Ah ! C'est de tous les biens le plus cher à mon ame :
Quel comble à vos bienfaits ! Quel bonheur pour ma flâme !
Quoi je serois à vous ? Espoir trop enchanteur
Ne seras-tu pour moi qu'une flatteuse erreur ?
Princesse, disposez de mon sort, de ma vie,
Vous plaire & vous aimer, c'est mon unique envie :
Puissions-nous éviter les maux que je prévoi....
Puissent tous les Troïens penser comme leur Roi.

DIDON.

Que dites-vous, Seigneur ? Quelle allarme nouvelle...?

ENE'E.

S'il faut périr pour vous, je répons de leur zele :
Mais je vous aime trop pour rien dissimuler,
Ma Princesse....

DIDON.

Achevez, vous me faites trembler.

ENE'E.

Vous voïez sur ces bords le déplorable reste
D'un Peuple si long-temps à la Grece funeste ;
Cependant accablé du malheur qui le suit,
Malgré l'état cruel où le sort l'a réduit,
Malgré tant d'Ennemis obstinez à sa perte
Et la mort chaque jour à ses regards offerte,

Ce reste fugitif, ce Peuple infortuné
A soumettre les Rois croit être destiné.
Les Troïens sur mes pas veulent se rendre maitres
Des climats où jadis regnerent leurs ancêtres.
L'Ausonie est ce lieu si cher à leurs désirs.
Leurs Chefs osent déja condamner mes soupirs,
Je tremble que du Ciel les Sacrez interpretes
Ne joignent leur suffrage à ces rumeurs secretes,
Et qu'un zele indiscret échauffant les esprits
Ne porte jusqu'à moi la révolte & les cris.
Tel est du préjugé le pouvoir ordinaire,
Il soumet aisément le credule vulgaire.
Courageux sans honneur & pieux sans vertu,
Souvent dans les transports dont il est combattu
Le soldat entraîné sur la foi d'un Oracle
Du respect pour les Rois brise le vain obstacle,
Céde sans la connoître à la Religion,
Et se fait un devoir de la rébellion.
Ah! Si le même jour où mon ame contente
Se promet un bonheur qui passoit mon attente,
Si dans le moment même où vous me l'annoncez,
Une gloire barbare... Helas! Vous frémissez!

DIDON.

Qu'ai-je entendu, cruel? Quel funeste langage!
Le trouble de mon cœur m'en apprend davantage.
Quoi cet Himen si doux, si cher à nos souhaits
Seroit donc traversé par vos propres Sujets!

Je voulois les combler & de biens & de gloire ;
Ils veulent donc ma mort !

ENÉE.

Non, je ne puis le croire :
Ils vous verront, Madame, & vous triompherez.
Puissai-je voir bientôt vos esprits rassurez :
Mon cœur qui s'attendrit souffre à regret l'idée
Du trouble dont vôtre ame est déja possédée ;
Je vous quitte, il est temps de parler aux Troïens,
De connoître leurs vœux, de déclarer les miens.
Mais dût le Ciel lui même inspirant ses Ministres,
Annoncer aujourd'hui ses volontez sinistres,
Ni les Dieux offensez, ni le Destin jaloux
Ne m'ôteront l'amour dont je brûle pour vous.

SCENE III.

DIDON, ELISE.

DIDON.

Elise, que deviens-je, & quel trouble m'agite ?
Quel soupçon se présente à mon ame interdite ?
De quel malheur fatal vient-il me menacer ?
Enée ! O ciel ! ... Non, non je ne puis le penser,
Il m'aime, il ne veut point trahir une Princesse
Qui par mille bienfaits lui prouve sa tendresse.
Mais lorsque nôtre Himen doit faire son bonheur,

Quel

Quel noir pressentiment fait naître sa terreur ?
Est-ce toi, Peuple ingrat, est-ce vous cher Enée,
Qui trompez sans pitié mon ame infortunée ?
Qui dois-je soupçonner ? Quels maux dois-je prévoir ?
Conspirez-vous ensemble à trahir mon espoir ?
Tendre ou perfide Amant ! Fatale incertitude !

ELISE.

Soupçonner un Héros de tant d'ingratitude,
Quand vos bienfaits sur lui versez avec éclat...

DIDON.

En amour un Héros n'est souvent qu'un ingrat.
Helas ! Après l'espoir dont je m'étois flattée
Dans quel gouffre de maux suis-je précipitée ?
Je m'attens désormais aux plus funestes coups.
J'ignore mes malheurs & dois les craindre tous.
Je n'aurai donc formé que des vœux inutiles !
Je me livrois en vain à des plaisirs tranquiles :
Chimerique bonheur ! Vains projets des Amans !
Le désespoir succéde à leurs plus doux momens :
Leurs jours les plus serains ne sont point sans nuage,
Et le calme toujours leur annonce l'orage.

ELISE.

Cependant quelque soit le Destin de vos feux,
N'ajoûtez pas vous même à vos maux rigoureux :
Suspendez les douleurs dont vôtre ame est atteinte ;
Je ne condamne point des mouvemens de crainte,
Du Prince qui vous aime attendez le retour,

Je le connois trop bien, croïez que son amour....

DIDON.

Non, il faut qu'avec lui mon ame s'éclaircisse,
Chaque instant différé redouble mon suplice.
Mais que nous veut Barcé?

SCENE IV.

DIDON, ELISE, BARCE'.

BARCE'.

Prêt à quitter ces lieux
L'Ambassadeur demande à paroître à vos yeux,
Madame, il suit mes pas, & vient pour vous instruire
D'un secret important au bien de cet Empire.

DIDON.

Quoi, dans le moment même où mon cœur désolé
Cherche à vaincre l'ennui dont il est accablé:
Quand je sens augmenter la douleur qui me presse,
Faut-il qu'à mes regards un Etranger paroisse?
Il lira dans mes yeux mon triste désespoir,
Et peut-être mes pleurs.... N'importe il faut le voir.
Que vous êtes cruels soins attachez au Trône,
Et que vous vendez cher le pouvoir qu'il me donne!
Par la contrainte affreuse où je suis malgré moi,
Elise, tu connois quel est le sort d'un Roi:
Ce faste dont l'éclat l'environne sans cesse

N'eſt qu'un dehors pompeux qui cache ſa foibleſſe,
Sous la pourpre & le dais maitre plein de hauteur
Et de ſes paſſions eſclave au fond du cœur.
Qu'il entre ; j'y conſens, & vous qu'on ſe retire.
Que vient-il m'annoncer ? Que pourrai-je lui dire ?

SCENE V.

DIDON, IARBE.

IARBE.

IArbe aux Phrygiens eſt donc ſacrifié,
Madame, vôtre Himen eſt déja publié :
C'eſt peu que d'un refus l'ineffaçable outrage
D'un Monarque puiſſant irrite le courage,
Un Guerrier qui jamais ne l'auroit eſpéré,
A l'amour d'un grand Roi ſe verra préféré.
Du moins ſi vôtre cœur ſans déſir & ſans crainte ;
Pour toujours de l'Himen avoit fui la contrainte ;
Mais de ce double affront l'éclat injurieux
N'armera pas en vain un Prince furieux :
Achevez toutefois, un fatal Himénée,
Bravez toute l'Afrique, & couronnez Enée :
Il ſera vôtre Epoux, il défendra vos droits,
Et bientôt défiant le courroux de nos Rois
Suivi de ſes Troïens . . .

DIDON.

Je m'abuſe peut-être ;

Vous pouvez cependant rejoindre vôtre Maitre,
C'eſt à lui de choiſir ou la guerre ou la paix;
J'aime, j'épouſe Enée, & mes ſoldats ſont prêts.

IARBE.

Oui, Madame, il choiſit, & vous verrez, ſans doute,
Eclater des fureurs que pour vous je redoute.
Vous épouſez Enée & vôtre bouche, O Ciel!
Me fait avec plaiſir un aveu ſi cruel!
Ne tardons plus, ſuivons le courroux qui m'entraîne.

DIDON.

Oubliez-vous qu'ici vous parlez à la Reine?

IARBE.

A ma témérité reconnoiſſez un Roi.

DIDON.

Quoi! Se peut-il qu'Iarbe?....

IARBE.

Oui, cruelle, c'eſt moi.
Dès mes plus jeunes ans par le Deſtin contraire
Conduit dans les climats où regne vôtre frere,
Je vous vis, vos malheurs firent taire mes feux.
Un autre parleroit des tourmens rigoureux
Qui remplirent depuis une vie odieuſe
Qui ne ſçauroit ſans vous être jamais heureuſe.
Je ne viens point ici de moi même enivré
Vous faire de ma flamme un aveu préparé,

Peu fait à l'Art d'aimer j'ignore ce langage
Que pour surprendre un cœur l'amour met en usage;
Je laisse à mes rivaux les soupirs, les langueurs,
Du luxe Asiatique hommages séducteurs,
Vains & lâches transports dont la vertu murmure,
Qu'enfante la molesse & que suit le parjure.
Je vous offre ma main, mon Trône, mes soldats,
Dites un mot, Madame, & je vole aux combats;
Je dompterai s'il faut l'Afrique & vôtre frere.
Mais malheur au rival dont l'ardeur téméraire
Osera disputer à mon amour jaloux
Le bonheur de vous plaire, & de vaincre pour vous.

DIDON.

Seigneur de vôtre amour justement étonnée,
A de nouveaux revers je me vois condamnée;
Car enfin, quel que soit le transport de vos feux,
Mon cœur n'est plus à moi pour écouter vos vœux.
Mais quoi! Je connois trop cette vertu sévere
Dont vôtre auguste front porte le caractere.
Un Héros tel que vous, fameux par ses exploits,
Dont l'Afrique redoute & respecte les loix,
Maitre de tant d'Etats, doit l'être de son ame:
Voudroit-il, n'écoutant que sa jalouse flamme,
D'un Amant ordinaire imiter les fureurs?
Non, ce n'est pas aux Rois d'être tyrans des cœurs.
Montrez-vous fils du Dieu que l'Olympe révere,
J'admire vos exploits, vôtre amitié m'est chere,
C'est à vous de sçavoir si je puis l'obtenir;

Ou si de mes refus vous voulez me punir ;
Si dans les mouvemens du feu qui vous anime
Vous voulez seconder le Destin qui m'opprime,
Hâtez-vous, signalez vôtre jaloux transport,
Accablez une Reine en butte aux coups du sort,
Qui prête à voir sur elle éclater le tonnerre
Peut succomber enfin sous une injuste guerre,
Mais que le sort cruel n'abaissera jamais
A contraindre son cœur pour acheter la paix.

Elle sort.

IARBE.

Dieux ! Quel trouble est le mien ! Le feu qui me dévore
Malgré ses fiers dédains peut-il durer encore ?
Ou courez-vous, Zama.

SCENE VI.

IARBE, ZAMA.

ZAMA.

Seigneur, songez à vous,
On soupçonne qu'Iarbe est caché parmi nous :
Un bruit sourd & confus....

IARBE.

Il n'est plus temps de feindre
Iarbe est découvert, mais tu n'as rien à craindre.

ZAMA.

Eh quoi? Lorſqu'on s'attend à voir de toutes parts
Vos ſoldats furieux aſſiéger ces remparts,
Croïez-vous qu'un rival l'objet de vôtre haine ....

IARBE.

Malheureux, où m'emporte une tendreſſe vaine!
La rage & le dépit me font verſer des pleurs.
N'ai-je pû déguiſer mes jalouſes fureurs?
Et toi, qui dois rougir du feu qui me ſurmonte,
Toi, qui devrois venger ma douleur & ma honte,
Maitre de l'Univers, les dédains, les mépris
Si je ſuis né de toi, ſont-ils faits pour ton fils?

Fin du ſecond Acte.

ACTE III.

SCENE I.

IARBE, MADHERBAL.

IARBE.

NOn, tu combats en vain l'amour qui me possède,
Une prompte vengeance en est le seul remède,
J'estime tes conseils, j'admire ta vertu,
Sous le joug malgré moi je me sens abattu,
Je vois ce que mon rang me prescrit & m'ordonne,
Un excès de foiblesse est indigne du Trône :
Je sçai qu'un Souverain, qu'un guerrier tel que moi
N'est point fait pour céder à la commune loi,
Qu'il faut, loin de gémir dans un lâche esclavage
Que sur ses passions il regne avec courage,
Et qu'un grand cœur enfin devroit toujours songer
A vaincre son amour plûtôt qu'à le venger,
Sans doute, & de mes feux je dois rougir peut-être :
Mais la raison nous parle, & l'amour est le maitre.
Que sçai-je ? La fureur ne peut-elle à son tour
Dans un cœur outragé succéder à l'amour ?
Ou si je veux en vain surmonter sa puissance,
Du moins l'heureux succès d'une juste vengeance
Adoucira les soins qui troublent mon repos,
Et c'est toujours un bien que de venger ses maux.

MADHERBAL.

MADHERBAL.

Je vous plains d'autant plus que vôtre cœur lui même,
Seigneur, paroît gémir de sa foiblesse extrême.
Ah ! Si vôtre ame en vain tâche de se guerir,
Si vos propres malheurs ne servent qu'à l'aigrir,
Brisez avec fierté de rigoureuses chaînes,
Mais n'interessez point vôtre gloire à vos peines :
Les refus de la Reine offensent vôtre honneur !
Ils arment vos Sujets ! Non, je ne puis, Seigneur,
Dans de pareils transports vous flatter, ni vous croire :
Qu'a de commun enfin l'amour avec la gloire ?
Et le refus d'un cœur est-il donc un affront
Qui doive d'un Héros faire rougir le front ?
Songez....

IARBE.

J'aime la Reine, un autre me l'enleve !
Ah ! S'il faut malgré moi que leur Himen s'acheve,
Je ne souffrirai pas qu'heureux impunément
Ils insultent ensemble à mon égarement.
A quoi me réduis-tu, trop cruelle Princesse !
Tu sçais comme mon cœur tout plein de sa tendresse
Venoit avec transport offrir à tes appas
Un secours nécessaire à tes foibles Etats.
J'ai voulu contre tous défendre ton Empire,
Et tu veux me forcer, ingrate, à le détruire.

MADHERBAL.

Hé bien suivez, Seigneur, ce courroux éclatant,

Et d'un combat afreux précipitez l'instant.
Appellez vos soldats du fond de vos Provinces,
Armez contre Didon les Sujets & les Princes ;
C'est aux Dieux maintenant d'être nôtre soutien :
Je vois, sans en frémir, son danger & le mien ;
Avec la même ardeur, avec le même zele
Que j'ai parlé pour vous, je perirai pour elle,
Et l'Univers peut-être instruit de ses douleurs,
Condamnera vos feux, & plaindra ses malheurs.

IARBE.

Quoi, pour un Etranger l'ingrate me dédaigne,
Madherbal, & tu veux que l'Univers la plaigne !
Mais d'un soin si gênant devrois-je me troubler ?
Roi d'un Peuple cruel je veux lui ressembler.
Ce n'est point au milieu de l'afreuse Lybie
Qu'à de vains préjugés une ame est asservie ;
Non, non, d'une Maitresse adorer les rigueurs,
Ménager son caprice & respecter ses pleurs,
C'est le frivole excès d'une pitié timide,
Et qui n'entra jamais dans le cœur d'un Numide.
Je laisse à des Amans par le luxe amollis,
L'honneur humiliant de souffrir des mépris.
L'amour dans nos forêts ne verse point de larmes,
Qu'il porte en d'autres lieux ses honteuses allarmes.
Mon cœur jusqu'à ce jour s'est contraint à regret,
Si c'est une vertu de gémir en secret,
D'épargner une ingrate, & l'Amant qui l'engage,
Un Prince, un Africain né sous un Ciel sauvage,

Aux ſeuls travaux de Mars dès l'enfance formé,
A de telles vertus n'eſt point accoûtumé,
Et dans ſes paſſions conduit par la nature,
Il y cherche ſa gloire, & non pas une injure.
J'en atteſte le Dieu dont j'ai reçu le jour;
Ces ſuperbes remparts témoins de mon amour,
Ces lieux, où dévoré d'une flamme trop vaine
Je viens d'offrir des vœux rejettez par ta Reine,
Ne me reverront plus que la flamme à la main
Juſques dans ce Palais me fraïer un chemin:
Où mon ſang répandu dans l'horreur du carnage
D'un fatal ennemi délivrera Carthage.
Que dis-je? Quel eſpoir peut vous être permis?
Vous n'avez contre moi qu'un amas de bannis:
Le ſang dont je ſuis né m'aſſûre la victoire:
Prêts à ſe couronner d'une immortelle gloire,
Bientôt les Africains ſeront tous animez
De ces mêmes tranſports dans mon cœur allumez;
Vos Temples & vos Murs ſeront réduits en poudre.
Et Fils de Jupiter j'y porterai la foudre.

MADHERBAL *ſeul.*

Juſte Ciel qui m'entend, éloigne ces horreurs.
Eliſe vient, Sçait-elle encor tous nos malheurs?

SCENE II.

ELISE, MADHERBAL.

MADHERBAL.

ENfin voici le jour marqué par nos allarmes,
Madame, c'en est fait, Iarbe court aux armes;
Témoin de la fureur qui captive ses sens,
Je viens de recevoir ses adieux menaçans;
Le bruit dans nos remparts va bientôt s'en répandre.

ELISE.

A de pareils transports la Reine a dû s'attendre:
Je courois sur vos pas la chercher en ces lieux;
Je la vois; la douleur est peinte dans ses yeux.

SCENE III.

DIDON, ELISE, MADHERBAL.

DIDON.

AH! Venez rassurer une Amante troublée:
Des guerriers Phrygiens l'Elite est assemblée,
Leurs Prêtres ont déja fait dresser des Autels,
Ils entraînent Enée aux pieds des Immortels;
Elise, autour de lui je ne vois que des traitres.

ELISE.

Eh quoi ! Soupçonnez vous la vertu de leurs Prêtres ?
Qui ſçait ſi par leurs ſoins les volontez du ſort
Avec tous vos projets ne ſeront pas d'accord ?
Que craignez vous ?

DIDON.

Je crains ce que leur bouche annonce,
Jamais la vérité ne dicta leur réponſe.
Je ne ſçai ; mais mon cœur eſt pénétré d'effroi,
Peut-être ce moment eſt funeſte pour moi.

MADHERBAL.

Permettez, au milieu de vos triſtes allarmes,
Qu'un ſerviteur fidele interrompe vos larmes.
Vous devez vôtre eſprit, Madame, à d'autres ſoins,
L'amour a ſes momens, l'état a ſes beſoins.
Iarbe a découvert le tranſport qui l'agite,
Il part, & ſi j'en crois le projet qu'il médite,
Bientôt les Africains enſemble réünis
Détruiront ces remparts encor mal affermis :
Son courroux ſeul peut-être a dicté ce préſage,
Madame, il faut ſonger à prévenir l'orage.
Je n'éxamine plus ſi l'Himen d'un grand Roi,
Si cent Peuples ſoumis à vôtre auguſte Loi,
Vos Sujets glorieux étendant leur puiſſance
Juſqu'aux bords où le Nil ſemble prendre naiſſance,
Si l'avantage enfin de donner à vos Fils
Jupiter pour aïeul, & les Dieux pour amis,

D'un éclat si flatteur devoient remplir vôtre ame,
Ou du moins quelque tems balancer vôtre flamme.
Avant que vôtre cœur pour la derniere fois
Aux yeux même d'Iarbe eût déclaré son choix,
J'ai crû devoir vous dire en Ministre fidele
Tout ce que m'inspiroit vôtre gloire & mon zele,
Et ce n'est qu'à ce prix qu'un Sujet plein d'honneur
Doit jamais de son Maitre accepter la faveur.
Mais si sa volonté ne peut être changée,
N'importe en quels projets son ame est engagée,
Aux dépens de nos jours nous devons le servir;
C'est aux Dieux de juger, aux Sujets d'obéir.
Ainsi ne pensons plus qu'à la prompte défense
Qui peut des Africains détruire l'espérance:
Qui sçait si leurs soldats cachez près de ces Murs
Ne viennent point à nous par des chemins obscurs?
Je me trompe, ou leur Roi qui cherche à nous surprendre,
Leur a près de Carthage ordonné de l'attendre.
Bientôt sur ces remparts vos soldats rassemblez
Calmeront par mes soins nos Citoïens troublez.
Vous, Madame, comptez sur un Peuple fidele
L'amour & le devoir enflammeront son zele:
On est toujours à craindre, & jamais malheureux,
Lorsqu'on aime ses Rois en combattant pour eux.

ELISE.

Oui, je ne doute point qu'au gré de vôtre envie
Les Tyriens pour vous ne prodiguent leur vie:
Mais quoi, vous oubliez qu'un téméraire amour

Ose vous menacer jusques dans vôtre Cour !
Je ne le cache point : instruit de cette injure,
Autour de ce Palais vôtre Peuple murmure,
Il demande vengeance & se plaint hautement,
Qu'Iarbe dans ces Murs vous brave impunément,
Et si l'on en croïoit les discours de Carthage,
Par vôtre ordre en ces lieux retenu pour otage...

DIDON.

Le retenir ici ! Qu'ose-t-on proposer ?
De son funeste amour est-ce à moi d'abuser ?
Je sçai que des flatteurs les coupables maximes
Du nom de politique honorent de tels crimes.
Je sçai que trop séduits par de vaines raisons
Mille fois mes Pareils dans leurs lâches soupçons
Ont violé le droit des Palais & des Temples ;
La Cour de plus d'un Prince en offre des exemples :
Mais un traître jamais ne doit être imité.
Moi, qu'oubliant les loix de l'hospitalité
D'un Roi, dans mon Palais, j'outrage la personne !
Est-ce aux Rois d'avilir l'éclat de la Couronne,
Nous qui devons donner au reste des humains
L'exemple du respect qu'on doit aux Souverains ?
Oui, malgré les malheurs où son courroux nous jette,
Allez, & que ma garde assure sa retraite :
Que ce Prince à l'abri de toute trahison
Accable, s'il le peut, mais respecte Didon.
J'aime mieux au péril d'une guerre barbare,
Que l'Univers témoin du sort qu'on me prépare,

Condamne un vain excès de générosité,
Que s'il me reprochoit la moindre lâcheté.

SCENE IV.

DIDON, ELISE.

DIDON.

AH! C'est trop retenir ma douleur & mes larmes.
Mon Amant peut lui seul dissiper mes allarmes,
Qu'il tarde à revenir! Et vous, Peuples ingrats,
Loin de mes yeux encor retiendrez vous ses pas?

ELISE.

Il vient.

DIDON.

A son aspect ma crainte se redouble,
Tout est perdu pour moi, je le sens à mon trouble...

SCENE V.

ENE'E, DIDON, ELISE.

ENE'E.

DIeux! Je ne croïois pas la rencontrer ici.

DIDON.

Approchons. Mon Destin va donc être éclairci.
Vous me fuïez, Seigneur!

ENE'E.

Malheureuse Princesse,
Je ne méritois pas toute vôtre tendresse.

DIDON.

Non, je vous aimerai jusqu'au dernier soupir.
Mais que dois-je penser ? Je vous entens gémir.
Vous détournez de moi vôtre vûë égarée .....
Ah ! De trop de soupçons mon ame est dévorée,
Seigneur !

ENE'

Au désespoir je suis abandonné.
Vous voïez des mortels le plus infortuné :
Mon cœur frémit encor de ce qu'il vient d'apprendre,
Au Temple d'Apollon le Ciel s'est fait entendre,
Il s'explique, Madame, & me réduit au choix
D'être ingrat envers vous, ou rébelle à sa voix.
Du fond du Sanctuaire un effraïant murmure
Dans les voutes du Temple a précédé l'augure,
Le jour en a pâli, la terre en a tremblé,
L'Autel s'est entr'ouvert, & le Prêtre a parlé.
» Etouffe, m'a t-il dit, une tendresse vaine,
» Il ne t'est pas permis de disposer de toi :
» Fui des Murs de Carthage, abandonne la Reine,
» Le Destin pour une autre a reservé ta foi.
Tout le Peuple aussi-tôt pousse des cris de joïe.
Jugez du désespoir où mon ame se noïe :
J'ai voulu vainement combattre leurs projets,

On m'oppose du Ciel les absolus décrets,
Les champs Ausoniens promis à nôtre audace,
Et l'Univers soumis aux Héros de ma race,
Dans un repos obscur Enée enseveli,
Ses exploits oubliez, son honneur avili,
Des Troïens fugitifs la fortune incertaine,
De vos propres Sujets le mépris & la haine :
Que vous dirai-je enfin? Accablé de douleur
Déchiré par l'amour, entraîné par l'honneur...

DIDON.

Qu'avez-vous résolu?

ENÉE.

Plaignez plûtôt mon ame.
Tout parloit contre vous, tout condamnoit ma flamme,
Ma gloire, mes Sujets, nos Prêtres & mon fils....

DIDON.

N'achevez pas, cruel, vous avez tout promis.
Où suis-je! N'est-ce point un songe qui m'abuse!
Est-ce vous que j'entens? Interdite, confuse,
Je sens ma foible voix dans ma bouche expirer,
Est-il bien vrai? Ce jour va donc nous séparer!
Qui me consolera de mes douleurs profondes!
Mon cœur, mon triste cœur vous suivra sur les Ondes,
Et d'une vaine gloire occupé tout entier
Au fond de l'Univers vous irez m'oublier.
M'oublier! Ah, cruel, de quelle affreuse idée
Mon ame en vous perdant se verra possédée!

Je ſens que j'en mourrai ; mais ; helas ! Eſt-il temps,
Cher Prince, de hâter ces douloureux inſtants ?
Du moins à vos adieux préparez ma conſtance,
Et ſongez qu'il y va d'une éternelle abſence.
Ah ! Seigneur, ſans frémir pouvons nous y penſer ?
Malgré les coups affreux dont je me ſens percer,
Malgré le déſeſpoir où mon amour me livre,
Je veux qu'à ma douleur je puiſſe encor ſurvivre,
Faudra-t-il mettre au rang de mes jours malheureux
Le jour où je ſentis naître mes premiers feux ?
Que dis-je ? Peu touché des ſoins de ma tendreſſe,
Eſt-ce à vous de punir l'excès de ma foibleſſe ?
Prétendez-vous encor ſuivre vôtre deſſein ?
N'aurez-vous quelque temps combattu le Deſtin
Que pour mieux ſeconder ſon injuſte caprice
Et faire de ma flamme un plus beau ſacrifice ?

ENE'E.

Ah ! Je ſuis mille fois plus à plaindre que vous,
C'eſt ſur moi que le ſort épuiſe tous ſes coups.
Vous regnez en ces lieux, ce Trône eſt vôtre ouvrage,
Le Ciel n'a point proſcrit les Remparts de Carthage,
Il les voit s'élever, & ne vous force pas
D'aller de Mers en Mers chercher d'autres Etats.
Le ſoin de gouverner un Peuple qui vous aime,
L'éclat & les attraits de la grandeur ſuprême,
Ces Rois & ces Héros à vous plaire empreſſez,
Leurs hommages, leurs vœux à vous ſeule adreſſez,
Effaceront bientôt une fatale flamme

Que la ſeule pitié nourriſſoit dans vôtre ame.
Moi ſeul, de mon amour, je ne pourrai guérir;
Les Mers & les climats que je vais parcourir,
Les travaux, les dangers qui m'attendent encore,
Les ombres de la nuit, le retour de l'Aurore,
Tout parlera de vous à mon cœur éperdu:
Je chercherai par tout un bien que j'ai perdu,
Et ce Trône éclatant promis à ma victoire,
Ce Deſtin fortuné, cette immortelle gloire
Qui doit de nos malheurs finir le triſte cours,
Ne vaudra point, helas, un ſeul de ces beaux jours,
Un ſeul de ces momens où mon ame ravie
Faiſoit de vous aimer le bonheur de ſa vie.
Les Dieux m'ont envié le ſeul de leurs bienfaits
Qui pouvoit réparer tous les maux qu'ils m'ont faits:
Que n'ai-je point tenté malgré leurs loix preſcrites?
De mon reſpect pour eux j'ai franchi les limites
Mes regrets, mes efforts ont été ſuperflus.
Tout eſt changé pour nous. Je ne reconnois plus
Un Peuple à vos bontez autrefois ſi ſenſible;
Je vous fais en tremblant un aveu ſi terrible;
Mais enfin je le dois, à vous, à mon honneur,
Je ne ſçaurois aſſez juſtifier mon cœur.
Helas! Toujours en proïe au Deſtin qui m'accable,
Je ſuis trop malheureux pour être encor coupable
Des caprices du Peuple & des fautes du ſort
Rien ne peut des Troïens ſuſpendre le tranſport,
Effraïez par l'oracle, & pleins d'un nouveau zele

Ils volent dès ce jour où le Ciel les appelle ;
Moi même vainement je voudrois arrêter
Des Sujets contre moi prompts à ſe révolter,
Je les verrois bientôt.... Mais quel ſombre nuage,
Madame, en ce moment trouble vôtre viſage ?
Vous ne m'écoutez plus ; vous détournez les yeux.

DIDON.

Non, tu n'es point le ſang des Héros ni des Dieux.
Au milieu des rochers tu reçus la naiſſance,
Un monſtre des forêts éleva ton enfance ;
Et tu n'as rien d'humain que l'Art trop dangereux
De ſéduire une Amante & de trahir ſes feux.
Dis-moi, qui t'appelloit aux bords de la Lybie ?
T'ai-je arraché moi-même au ſein de ta patrie ?
Te fais-je abandonner un Empire aſſuré,
Toi, qui dans l'Univers, proſcrit, déſeſperé,
Rebut des flots, joüet d'un eſpoir inutile
N'as trouvé qu'en ces lieux un favorable azile ?
Les Immortels jaloux du ſoin de ta grandeur,
Menacent tes refus de leur courroux vengeur,
Ah ! Ces préſages vains n'ont rien qui m'épouvante :
Il faut d'autres raiſons pour convaincre une Amante,
Tranquiles dans les Cieux, contens de nos Autels,
Les Dieux s'occupent-ils des amours des mortels ;
Ou ſi de nos ardeurs leur majeſté bleſſée,
Abaiſſe juſqu'à nous leurs ſoins & leur penſée
Ce n'eſt que pour punir des traîtres comme toi,
Qui d'une foible Amante ont abuſé la foi :

Crains d'attester encor leur puissance suprême ;
Leur foudre ne doit plus gronder que sur toi même ;
Mais tu ne connois point leur austere équité,
Tes Dieux sont le parjure & l'infidélité.

ENE'E.

Helas ! Que vos transports ajoutent à ma peine !
Moi même je succombe, & mon ame incertaine
Ne sçauroit soutenir l'état où je vous vois.
Didon !

DIDON.

Adieu, cruel, pour la derniere fois.
Va, cours, vole au milieu des vents & des orages,
Préfere à mon Palais les lieux les plus sauvages,
Cherche au prix de tes jours ces dangereux climats
Où tu ne dois regner qu'après mille combats :
Helas ! Mon cœur charmé t'offroit dans ces aziles
Un Trône aussi brillant, & des biens plus tranquiles.
Cependant tes refus ne peuvent me guérir ;
Mes pleurs & mes regrets qui n'ont pû t'attendrir
Loin d'éteindre mes feux les redoublent encore ;
Je devrois te haïr, ingrat, & je t'adore.
Oui, tu peux sans amour t'éloigner de ces bords,
Mais ne crois pas du moins me quitter sans remords,
Ton cœur fût-il encor mille fois plus barbare
Tu donneras des pleurs au jour qui nous sépare,
Et du haut de ces Murs témoins de mon trépas,
Les feux de mon bucher vont éclairer tes pas.

ENE'E.

Ah! Madame, arrêtez ...

DIDON.

Ah! Laiſſe moi, perfide.

ENE'E.

Non, vous ne ſuivrez point le tranſport qui vous guide.

DIDON.

Va, je n'attens de toi ni pitié ni ſecours,
Tu veux m'abandonner, que t'importent mes jours?

ENE'E.

Hé bien, malgré les Dieux vous ſerez obéïe.
Elle fuit. Arrêtez. Prenons ſoin de ſa vie.

SCENE VI.

ENE'E, ACHATE.

ACHATE.

SEigneur, les Phrygiens n'attendent que leur Roi.
Partons, le Ciel l'ordonne.

ENE'E.

Achate, laiſſe moi,
Le Ciel n'ordonne pas que je ſois un barbare.

Il ſuit Didon.

ACHATE *seul.*

Que vois-je ? Quel transport de son ame s'empare ?
Courons, sçachons les soins dont il est combattu :
Dieux ! Faut-il que l'amour surmonte la vertu !

Fin du troisiéme Acte.

ACTE

ACTE IV.

SCENE I.

ENE'E, ELISE.

ENE'E.

Elise, que la Reine étouffe ses allarmes,
Enée à ses beaux yeux a coûté trop de larmes;
Que son cœur rassûré par mes derniers sermens,
Tranquile sur la foi de nos engagemens
Ne craigne plus des Dieux les funestes obstacles;
L'amour a triomphé du pouvoir des oracles.
D'un Amant qui l'adore allez l'entretenir.
Peignez lui mes tourmens, mes feux, mon repentir:
Le soin de réprimer un Peuple qui m'appelle
Durant quelques instans va m'occuper loin d'elle:
Je cours aux Phrygiens déclarer mes projets,
D'un départ trop fatal détruire les apprêts,
Et bientôt ramené par l'amour le plus tendre,
J'irai plein de transport la revoir & l'entendre,
D'un Himen désiré presser les doux liens,
Et porter à ses pieds l'hommage des Troïens.

SCENE II.

ENE'E, ACHATE.

ACHATE.

Ah ! Seigneur, rassurez mon ame inquiétée
Contre l'affreux soupçon dont elle est agitée :
Mon zele sur vos pas m'a conduit vainement,
Le sort vous rend enfin à mon empressement.
Je tremble d'éclaircir le funeste mystere
Qui vient de retarder un départ nécessaire ;
Mais vos yeux incertains semblent me révéler
Un secret que vôtre ame a voulu me celer.
Quoiqu'il en soit, Seigneur, partons c'est trop attendre :
Que sçais-je ? La pitié peut encor vous surprendre.
Hâtons nous ; vos vaisseaux couvrent déja les Mers,
Les cris des matelots font retentir les airs,
L'Onde blanchit d'écume, & s'il faut vous le dire,
Vos soldats pleins du feu que le Ciel leur inspire,
De leur Chef en secret accusent la lenteur.

ENE'E.

J'ai vû la Reine, Achate, & l'amour est vainqueur.

ACHATE.

Que dites-vous ? L'amour ! Ah ! Je ne puis vous croire !
Non l'amour n'est point fait pour étouffer la gloire.
Elle parle, elle ordonne, il lui faut obéir ;
Ce n'est pas vous, Seigneur, qui devez la trahir.

ENE'E.

Ah ! Malgré les transports dont mon ame est atteinte,
Je n'ai que trop prévû ton reproche & ta plainte ;
Mais que veux-tu ? L'amour a disposé de moi,
J'ai voulu vainement me soustraire à sa loi ;
Je ne connoissois pas la force séduisante
Que ce Dieu sçait donner aux larmes d'une Amante.
Quand des regrets touchans & de cruels malheurs
D'un objet adoré sont les seuls défenseurs,
Qu'il soupire en mourant pour l'ingrat qui l'offense ;
Et que son désespoir est toute sa vengeance.
L'indifférence alors est-elle de saison ?
Non, non, dans ce moment fatal à la raison,
Ecüeil où mille fois échoüa le courage,
Quelle austere fierté, quelle vertu sauvage,
Quel cœur peut soutenir de si tendres combats ?
Les Dieux même, les Dieux, ne nous l'apprennent pas.
Cependant, tu le sçais, & le Ciel qui m'écoute
M'a vû sur ses décrets ne plus former de doute ;
Renoncer à Didon, lui venir déclarer
Qu'enfin voici le jour qui doit nous séparer ;
A ses premiers transports demeurer infléxible,
Et paroître barbare autant qu'elle est sensible.
Je contenois mes feux prêts à se soulever,
Le dessein étoit pris, je n'ai pû l'achever,
Et je ne puis encor, tout plein de ce que j'aime,
Rappeller ce projet sans m'accuser moi même.
Je courrois vers Didon, quand tes empressemens

Commençoient d'attester la foi de mes sermens ;
Que m'importoit alors une vaine promesse ?
Je tremblois pour les jours de ma chere Princesse.
Quel spectacle, grands Dieux! quelle horreur! quel effroi!
Tout regrettoit la Reine & n'accusoit que moi.
Je ne puis sans fremir en retracer l'image.
Son ame de ses sens, avoit perdu l'usage,
Son front pâle & défait ses yeux à peine ouverts
Des ombres de la mort sembloient être couverts ;
Cependant sa douleur, & ses vives allarmes
Donnoient de nouveaux traits à l'éclat de ses charmes,
Et jusques dans ses yeux mourans, noïez de pleurs,
Je lisois son amour, mon crime, & ses malheurs.
Mais bientôt ses transports succédant au silence,
Je n'ai pû de mes feux vaincre la violence.
Je n'en sçaurois rougir, & tout autre que moi
D'un si cher ascendant auroit subi la loi.
Lorsqu'une Amante en pleurs descend à la priere
C'est alors qu'elle exerce une puissance entiere,
Et l'amour qui gémit est plus impérieux
Que la gloire, le sort, le devoir & les Dieux.

ACHATE.

Qu'entens-je, est-il bien vrai? Quelle foiblesse extrême !
Quoi l'amour.. Non, Seigneur, vous n'êtes plus vous même
Que diront les Troïens? Que dira l'Univers?
On attend vos exploits, & vous portez des fers.

ENÉE.

Eh quoi ? Prétendrois-tu que mon ame timide
N'eût dans ses actions qu'un vain Peuple pour guide ?
Crois-moi, tant de Héros si souvent condamnez
D'un œil bien différent seroient examinez,
Si chacun des mortels connoissoit par lui même
Le pénible embarras qui suit le Diadême.
Ce combat éternel de nos propres désirs,
Ce passage imprévû de la joïe aux soupirs,
Ces soins, ces intérêts l'un à l'autre contraires,
Cette gloire superbe, & ces devoirs austeres,
Le charme des plaisirs, & leurs impressions,
La dignité du rang, le feu des passions,
Ces goûts, ces sentimens unis pour nous séduire
Dont il faut triompher, & qu'on ne peut détruire.
Dans l'esprit des humains un moment dangereux
Suffit pour décider d'un Prince malheureux :
Témoin de nos revers, sans partager nos peines;
Tranquile spectateur des allarmes soudaines
Que le sort chaque jour mêle avec nos exploits,
Le dernier des mortels ose juger les Rois;
Et tu veux que soumis à de pareils caprices
Je doive au préjugé mes vertus, ou mes vices ?

ACHATE.

Eh bien, laissez le Peuple injuste & plein d'erreurs
Remplir tout l'Univers d'insolentes rumeurs:
Serez vous moins soigneux de vôtre renommée,

Et vôtre ame aujourd'hui de ses feux consumée
Veut-elle sans retour languir dans ses liens?

ENE'E.

Eh n'ai-je pas fini les malheurs des Troïens?
De la main de Didon je tiens une Couronne,
Je posséde son cœur, je partage son Trône;
Quelle gloire pour moi peut avoir plus d'appas?

ACHATE.

La gloire n'est jamais où la vertu n'est pas.
Non, dussiez-vous punir un ami trop fidele,
Je ne sçaurois, Seigneur, commander à mon zele.
Je le vois bien, Enée à jamais attaché,
Aux liens de l'amour ne peut être arraché.
Aimez donc. Renonçez aux palmes immortelles
Qui devoient couronner vos conquêtes nouvelles,
Nos yeux s'étoient flattez d'en être les témoins:
Sans doute vôtre cœur peu touché de nos soins,
Envie aux Phrygiens l'heureuse destinée
De vaincre ou de mourir pour la gloire d'Enée.
Mais il vous reste un fils; ce fils n'est plus à vous,
Il appartient aux Dieux de sa grandeur jaloux.
Par ma bouche aujourd'hui vos Peuples le demandent,
Promis à l'Univers, les Nations l'attendent;
Confiez à nos soins ce dépôt prétieux,
Pour nous sacré garant de la faveur des Cieux.
Nous irons pleins de zele accomplir les miracles
Qu'à ses premiers exploits annonçent les oracles.
Vous le sçavez, Seigneur, vous, qui dans les combats

De ce fils jeune encor deviez guider les pas,
Ses neveux fonderont une cité guerriere
Qui changera le sort de la nature entiere,
Qui lancera la foudre ou donnera des loix,
Et dont les Citoïens commanderont aux Rois.
Leur nom fera trembler. Le Maitre du tonnerre
A leur vaste triomphe a réservé la terre.
Laissez à vôtre fils commencer un destin
Dont les siecles futurs ne verront point la fin,
Et n'avilissez plus dans une paix profonde
Le sang qui doit former les conquérans du monde.

ENE'E.

Arrête, c'en est trop. Mes esprits étonnez
Sous un joug inconnu semblent être enchaînez.
Quel feu pur & divin! Quel éclat de lumiere
Embrase en ce moment mon ame toute entiere!
Oui je commence à rompre un charme dangereux.
A cette noble image, à ces traits généreux,
A ces mâles discours dont la force me touche,
Je reconnois les Dieux qui parlent par ta bouche.
Eh bien, obéïssons: il ne faut plus songer
A ces nœuds si charmans qui m'alloient engager.
Vien, je te suis. Et vous, à qui je sacrifie
L'objet de mon amour, le bonheur de ma vie,
Sages Divinitez, dont les soins éternels
Président chaque jour au destin des mortels,
Recevez un adieu que mon ame tremblante
Craint d'offrir elle même aux transports d'une Amante;

Ne l'abandonnez pas, daignez la consoler :
C'est à vous seuls, grands Dieux, que j'ai pû l'immoler.
Allons.

ACHATE.

Ah ! C'est la Reine ! O funeste présage !

ENE'E.

O Dieux ! & vous voulez que je quitte Carthage !

SCENE III.

DIDON, ENE'E, ACHATE, ELISE.

DIDON *dans le fond du Théatre.*

Ciel ! Achate avec lui ! Mes malheurs sont certains.
à Elise.
Tu me trompois, Elise, & je vois ses desseins.
à Achate.
Continuez, Achate, & marquez vôtre zele.
à Enée.
Vous, Seigneur, écoutez un ami si fidelle.
Je ne viens plus ici par de nouveaux soupirs
Vous éloigner des lieux où tendent vos désirs :
Puissiez-vous voir bientôt ces rives fortunées
Qu'à fleurir sous vos loix le Ciel a destinées.
D'un amour malheureux j'ai pû sentir les coups ;
Mais pouvois-je exiger qu'un guerrier tel que vous,
Qu'un Héros tant de fois utile à la Phrygie,
Qui doit vaincre & regner au péril de sa vie,
Loin de suivre la gloire, abaissât son grand cœur
Aux serviles devoirs d'une amoureuse ardeur ?

Didon

Didon en vous aimant ſçait ſe rendre juſtice ;
Je ne mérite pas un ſi grand ſacrifice.
Vos deſſeins par mes pleurs ne ſont plus balancez,
Et le vain ſouvenir de vos ſermens paſſez...

ENE'E.

Quoi, toujours ma tendreſſe eſt-elle ſoupçonnée!

DIDON.

Vous voulez me quitter, vous le voulez, Enée,
Je le ſçai, je le ſens & je ne prétens plus
Tenter auprès de vous des efforts ſuperflus.
Mais avant que ce jour à jamais nous ſépare,
Connoiſſez les malheurs que le ſort me prépare.
Témoins des feux conſtans dont mon cœur eſt épris,
Mes Sujets pour Iarbe ont vû tous mes mépris.
Ma Cour eſt pleine encor du bruit de ſes menaces,
Et dès ce moment même il revient ſur ſes traces.
Etrangere en ces lieux, ſans eſpoir de ſecours,
Je vois ce Roi jaloux armé contre mes jours ;
Et vous, à qui Didon ſacrifioit ſans peine
D'un Amant redoutable & l'amour & la haine,
Vous, que je préférois au ſang de Jupiter,
Vous, dont le ſouvenir me ſera toujours cher ;
Pour prix de mon amour vous me laiſſez la guerre !
Un Peuple d'ennemis va couvrir cette terre,
Je ne devrai qu'à vous le trépas ou les fers ;
Après cela partez, mes ports vous ſont ouverts.

SCENE IV.

DIDON, ENE'E, MADHERBAL, ACHATE.

MADHERBAL.

MAdame, de vaisseaux la Mer paroît chargée,
Et sans doute Carthage est bientôt assiégée:
Le son de la trompette, & les cris du soldat
Aux Tyriens troublez annoncent le combat,
Et déja du sommet des campagnes prochaines
Mille escadrons épars descendent dans nos plaines.
Iarbe est à leur tête, & même sur les eaux
Du fier Pygmalion j'ai connu les drapeaux.

ENE'E.

Qu'entens-je? Sur ces bords c'est moi qui les attire:
Reine, c'est donc à moi de sauver vôtre Empire,
Je cours finir les maux que ma flamme a produits.

DIDON.

Quoi vous même? Ah! Seigneur, je ne sçais ou j'en suis
Non, dans le trouble affreux dont mon amé est saisie....

ENE'E.

Eh quel autre que moi doit exposer sa vie?
Je pardonne à des Rois sur le Trône affermis
La pompe qui les cache aux traits des ennemis.
Mais moi, que vôtre amour a sauvé du Naufrage,

Moi, qui trouble aujourd'hui le bonheur de Carthage,
Je défendrai vos jours, vos droits, vos Tyriens,
Dût périr avec moi jusqu'au nom des Troïens.
Suivez moi, Madherbal. Adieu, chere Princesse,
Qu'à nos malheurs communs l'Univers s'intéresse,
Et courons l'un & l'autre assûrer vôtre état
Vous, au pied des Autels, & moi dans le combat.

Fin du quatriéme Acte.

ACTE V.

SCENE I.

DIDON.

DIDON.

OU suis-je ? Quel réveil ! Quelle allarme soudaine !
Dans l'ombre de la nuit, éperduë, incertaine,
J'adresse avec effroi mes vœux aux Immortels,
La terreur m'accompagne au pied de leurs Autels,
J'y cherche en vain la paix que leur présence inspire.
Ciel ! En ce moment même on combat, on expire ;
C'est pour moi que la guerre ensanglante ces bords.
Arrêtez, inhumains, suspendez vos transports....
Faut-il que mon amour fasse perdre la vie
A tant de malheureux qu'ici l'on sacrifie !
Je ne demande point qu'on périsse pour moi.
Helas ! Tout me remplit de douleur & d'effroi !
Soit que pour mes Sujets mon ame s'intéresse,
Soit que mon Amant seul occupe ma tendresse,
De ce combat affreux je sens toute l'horreur,
Et chaque trait lancé vient me percer le cœur.

SCENE II.

DIDON, ELISE.

ELISE.

EH quoi, toujours livrée au feu qui vous dévore
Dans ces sombres détours vous prévenez l'Aurore!
Quelle aveugle fraïeur vous trouble & vous conduit?
Venez, Reine, fuïez le silence & la nuit,
Ils redoublent l'horreur d'une ame infortunée.

DIDON.

Non, c'en est fait: voici ma derniere journée.
J'ai vêcu, j'ai regné, mes destins sont remplis.
Vous voulez vainement rassûrer mes esprits,
Tout me nuit, tout m'aflige, & rien ne me console;
Je fremis du passé, l'avenir me désole;
Nos craintes, nos malheurs ne sçauroient plus cesser,
L'instant qui les finit les voit recommencer.
D'un funeste soupçon justement occupée
Tantôt par un ingrat je me croïois trompée,
Je l'accusois alors; mais qu'il faut peu d'instants
Pour donner à l'amour de nouveaux sentimens!
Il n'éclate, ne plaint, n'accuse, ou rend justice
Qu'au gré des passions dont il suit le caprice.
Je ne vois plus Enée ardent à me quitter
Aux transports les plus doux feindre de resister;
Je ne vois qu'un Amant généreux & fidelle,

Qu'un Héros que la gloire auprès de moi rappelle ;
Qui préfere aujourd'hui mes intérêts aux siens,
Et qui risque ses jours pour assûrer les miens.
C'est lui seul qu'il faut plaindre, & c'est moi qui l'accable.
Le Ciel sans mon amour lui seroit favorable ;
Au Destin qui l'attend j'ai voulu l'arracher :
S'il périt, c'est à moi qu'il faut le reprocher.
Non, non, ne souffrons plus qu'une tête si chere,
De nos tyrans communs éprouve la colere ;
Sauvons le, s'il est temps, d'une injuste fureur,
Et soïons généreuse aux dépens de mon cœur.
Quittez, quittez, Enée, un séjour trop funeste....
Je vais donc renoncer au seul bien qui me reste !
Raison, tendresse, gloire, ah, c'est trop m'agiter !
Impérieux panchant dois-je encor t'écouter ?
A ton joug rigoureux devrois-je être asservie
Au milieu des horreurs qui menacent ma vie ;
Et je sens toutefois que ces mêmes horreurs
Soutiennent mon amour contre tous mes malheurs.
Je me défens en vain : Une erreur qui sçait plaire
Reprend toujours sur nous son Empire ordinaire ;
Triste effet d'un amour qui prêt à triompher
N'écoute des remords que pour les étouffer.

ELISE.

Je sçai ce qu'il faut craindre, & quoique ma constance
S'oppose à tout moment à vôtre défiance,
Je ne m'aveugle point sur nos propres dangers.
Mais malgré les efforts de ces fiers étrangers

Il faut tout espérer d'un cœur qui vous adore,
Et qui combat pour vous un rival qu'il abhorre:
L'amour & la valeur triomphent des hazards.
Déja l'Aube a blanchi nos tours & nos remparts,
Et le soleil caché sous ces nuages sombres
Achevera bientôt de dissiper les ombres.
Tout est paisible encor: le calme de ces lieux
Semble nous annoncer un succès glorieux.

DIDON.

Allons, c'est trop attendre; il est temps de s'instruire...

SCENE III.

DIDON, ELISE, BARCE'.

DIDON.

AH, Barcé! Que fait-on? & que viens-tu nous dire?

BARCE'.

Dans ces lieux effraïez la paix est de retour,
Madame, à la clarté des premiers feux du jour
J'ai vû de toutes parts sur nos sanglantes rives
Des Africains rompus les troupes fugitives,
Et de Pygmalion les superbes vaisseaux
Vaincus & repoussez ne couvrent plus les eaux.

DIDON.

Qu'entens-je? Quel succès! Et puis-je enfin le croire?

Cher Amant, c'eſt à toi que je dois la victoire :
L'amour t'a fait combattre, il te fait triompher.
Craintes, larmes, ſoupçons ; je dois vous étouffer.
Enée à mes regards va-t-il bientôt paroître ?

BARCÉ.

Madame....

DIDON.

Eh bien, Barcé ?

BARCÉ.

Je m'allarme peut-être ;
Mais ce Héros encor n'a pas frapé mes yeux,
Et même on n'entend point ces cris victorieux,
Que libre & reſpirant une barbare joïe
Le ſoldat effréné juſques au Ciel envoïe.
J'ai vû les Tyriens confuſément épars,
S'avancer en ſilence au pied de ces remparts.

DIDON.

Dieux ! Que me dites vous ? On ne voit point Enée !
Cependant il triomphe : aveugle deſtinée,
Au ſein de la victoire as-tu tranché ſes jours ?
Ah ! Ne differons plus, ſuivez mes pas, j'y cours.
Mais je vois Madherbal.

SCENE.

SCENE DERNIERE.

DIDON, ELISE, BARCE', MADHERBAL.

DIDON.

QUe va-t-il nous aprendre ?
A de nouveaux malheurs faut-il encor s'attendre ?
A Madherbal.
Hâtez-vous, dissipez le trouble de mon cœur,
Le Ciel a-t-il enfin épuisé sa rigueur ?

MADHERBAL.

Non, non, vous triomphez, Madame, & la victoire
Vous assûre le Trône & vous comble de gloire.
Pendant que l'ennemi dans les bras du sommeil
Différoit son attaque au lever du Soleil.
Le Héros des Troïens rassemble nos Cohortes,
Leur parle en peu de mots & fait ouvrir les portes.
On invoque les Dieux sans tumulte & sans bruit,
Nous marchons. Le silence & l'horreur de la nuit
Dans le cœur du soldat plein d'un noble courage
Versent la soif du sang, & l'ardeur du carnage.
Nous arrivons aux lieux où de sombres clartez
Guidoient vers l'ennemi nos pas précipitez,
Aussi-tôt le signal vole de bouche en bouche,
On observe, en frappant, un silence farouche,
Tout périt, chaque glaive immole un Africain,
De longs ruisseaux de sang tracent nôtre chemin,

Le ſommeil à la mort livre mille victimes ;
Et le Ciel, ſeul témoin de nos coups légitimes,
Ne retentit encor dans ces noires fureurs,
Ni des cris des mourans, ni des cris des vainqueurs.
Cependant on s'éveille, on crie, on prend les armes.
Iarbe court lui même, au bruit de tant d'allarmes,
Il arrive, il ne voit que des gardes tremblans,
Des ſoldats égorgez, des feux étincelans,
Et partout, ſes regards trouvent l'affreuſe image
Des horreurs d'une nuit conſacrée au carnage.
A ce triſte ſpectacle il frémit de courroux,
Et vole vers Enée à travers mille coups.
Les combattans ſurpris reculant en arriere
Autour de ces rivaux forment une barriere,
Ils fondent l'un ſur l'autre, & bientôt leur fureur
Egale leurs efforts ainſi que leur valeur.
Mais le Dieu des combats regle leur deſtinée ;
Iarbe enfin chancele, & tombe aux pieds d'Enée,
Il expire. Auſſitôt les Africains troublez
S'échapent par la fuite à nos traits redoublez,
Et tandis qu'éclairé des raïons de l'Aurore
Le ſoldat les renverſe, & les pourſuit encore,
Le vainqueur ſur ſes pas raſſemblant les Troïens
Appelle autour de lui les Chefs des Tyriens.
» Magnanimes Sujets d'une illuſtre Princeſſe,
» Qu'Enée & les Troïens regretteront ſans ceſſe,
» Sous les loix de Didon puiſſiez vous à jamais
» Goûter dans ces climats une profonde paix.
» J'eſpérois vainement de partager ſon Trône

» L'inflexible Deſtin autrement en ordonne.
» Trop heureux, quand le Ciel m'arrache à ſes appas ;
» Qu'il m'ait permis du moins de ſauver ſes Etats,
» Et que mon bras vainqueur aſſûrant ſa puiſſance
» Lui laiſſe des garans de ma reconnoiſſance.
» Adieu, plein d'un amour malheureux & conſtant
» Je l'adore, & je cours ou la gloire m'attend.

DIDON.

Juſte Ciel !

MADHERBAL.

A ces mots il gagne le rivage ;
Et bientôt ſon vaiſſeau s'éloigne de Carthage.

DIDON.

Je ne le verrai plus ! L'ai-je bien entendu ?
Quel coup de foudre, ô Ciel ! & l'aurois-je prévû ?
Sur ces derniers tranſports je m'étois raſſûrée.
Quoi malgré ſes ſermens, malgré ſa foi jurée,
Sans eſpoir de retour il me quitte aujourd'hui,
Moi, qui mourrai plûtôt que de vivre ſans lui !
Et qu'ai-je fait, helas ! pour être ainſi trahie ?
Ai-je d'Agamemnon partagé la furie ?
Ai-je aux ſecours des Grecs envoïé mes vaiſſeaux ?
J'ai ſauvé les Troïens de la fureur des eaux ;
De mes bontez ſans ceſſe il ont reçu des marques,
J'ai préféré leur Chef aux plus puiſſans Monarques,
Amans, Trône, remords, j'ai tout ſacrifié,
Et voilà de quel prix tant d'amour eſt païé !
Eliſe, en eſt ce fait ? N'eſt-il plus d'eſperance ?
S'il voïoit mes douleurs ; s'il ſçait que ſon abſence...

ELISE.

Helas ! Que dites-vous ? Les ondes & les vents
Propices à ſes vœux.....

DIDON.

Eh bien, je vous entens,
Il n'y faut plus penſer. Mais, non, je ne puis croire
Qu'Enée en me quittant, n'ait ſuivi que la gloire.
Ah ! J'ai dû pénétrer ſes détours odieux,
Il atteſtoit en vain ſon honneur & ſes Dieux ;
Le cruel abuſoit de ma foibleſſe extrême,
Et la gloire n'eſt point à trahir ce qu'on aime.
Non, non, des mêmes feux il n'étoit plus épris ;
Mais le Ciel punira tes barbares mépris.
Pourquoi te rappeller ? Fui, cruel, fui perfide,
Et condui tes Sujets où l'Oracle les guide ;
Au bout de l'Univers la guerre les ſuivra.
Tremble, ingrat ; je mourrai, mais ma haine vivra.
Puiſſe après mon trépas s'élever de ma cendre
Un feu qui ſur la terre aille un jour ſe répandre,
Excitez par mes vœux puiſſent mes ſucceſſeurs
Jurer dès le berceau qu'ils ſeront mes vengeurs,
Et du nom des Troïens ennemis implacables,
Attaquer en tous lieux ces rivaux redoutables.
Que l'Univers en proïe à ces deux nations
Soit le Theâtre affreux de leurs diſſenſions,
Que tout ſerve à nourrir cette haine invincible,
Qu'elle croiſſe toujours juſqu'au moment terrible

Que l'une ou l'autre céde aux armes du vainqueur,
Que ses derniers efforts signalent sa fureur,
Et qu'enfin parvenuë à son heure fatale,
Elle céde en tombant le monde à sa rivale.

ELISE.

Quels barbares souhaits! Du moins aux yeux de tous
Calmez des mouvemens trop indignes de vous.

DIDON.

J'en rougis. Il est temps que ma douleur finisse,
Il est temps que je fasse un entier sacrifice;
Que je brise à jamais de funestes liens:
Le Ciel en ce moment m'en ouvre les moïens.
Témoins des vœux cruels qu'arrachent à mon ame
La fuite d'un parjure & l'excès de ma flamme,
Contre lui, justes Dieux, ne les exaucez pas.

Elle se frappe

Mourons.. à cet ingrat pardonnez mon trépas.

ELISE.

Ah Ciel!

BARCE'.

Quel desespoir!

MADHERBAL.

O fatale tendresse!

DIDON.

Vous voïez ce que peut une aveugle foiblesse,

Mes malheurs ne pouvoient finir que par ma mort.
Que n'ai-je pû, Grands Dieux, maitresse de mon sort,
Garder jusqu'au tombeau cette paix innocente
Qui fait les vrais plaisirs d'une ame indifférente!
J'en ai goûté long temps les tranquiles douceurs;
Mais je sens du trépas les dernieres langueurs.....
Et toi, dont j'ai troublé la haute destinée,
Toi, qui ne m'entens plus, adieu, Mon cher Enée,
Ne crains point ma colere, elle expire avec moi,
Et mes derniers soupirs sont encore pour toi.

FIN.

APPROBATION.

J'Ai lû par l'ordre de Monseigneur le Garde des Sceaux, *Didon Tragedie*. Et je crois que l'impression de cet Ouvrage lui assurera encore le succès qu'il a eu dans les représentations. Fait à Paris ce 29 Septembre 1734.

DANCHET.

PRIVILEGE DU ROY.

LOUIS, PAR LA GRACE DE DIEU, ROY DE FRANCE ET DE NAVARRE : A nos amés & feaux Conseillers, les Gens tenans nos Cours de Parlement, Maitres des Requêtes ordinaires de notre Hôtel, Grand Conseil, Prevôt de Paris, Baillifs, Senechaux, leurs Lieutenans Civils & autres nos Justiciers qu'il appartiendra ; SALUT. Notre bien-amé Le sieur *** Nous ayant fait remontrer qu'il souhaitteroit faire imprimer, & donner au public un Ouvrage qui a pour titre: *Enée & Didon Tragedie par* M. LE FRANC. S'il nous plaisoit lui accorder nos Lettres de Privilege sur ce necessaires ; offrant pour cet effet de le faire imprimer en bon papier & beaux caracteres, suivant la feüille imprimée & attachée pour modele sous le contrescel des Presentes ; A ces causes voulant traiter favorablement ledit sieur exposant, Nous lui avons permis & permettons par ces Presentes de faire imprimer ledit ouvrage ci-dessus specifié, conjointement ou séparément & autant de fois que bon lui semblera, sur papier & caractere conformes à la dite feuille imprimée : & attachée sous notredit contrescel & de le faire vendre & débiter par tout notre Royaume pendant le temps de six années consécutives, à compter du jour de la date desdites Présentes ; Faisons défenses à toutes sortes de personnes de quelque qualité & condition quelles soient d'en introduire d'impression étrangere dans aucun lieu de notre obéissance ; comme aussi à tous Libraires, Imprimeurs & autres d'imprimer, faire imprimer, vendre, faire vendre, debiter ni contre faire ledit ouvrage ci-dessus exposé en tout ni en partie ni d'en faire aucuns extraits, sous quelque pretexte que ce soit d'augmentation, correction, changement de titre ou autrement sans la permission expresse, & par écrit dudit Exposant ou de ceux qui auront droit de lui à peine de confiscation des Exemplaires contrefaits, de quinze cens livres d'amende contre chacun des contrevenans, dont un tiersà nous un tiers a l'Hôtel-Dieu de Paris, l'autre tiers audit exposant & de tous dépens dommages & intérêts, à la charge que ces Présentes seront enregistrées tout au long sur le Registre de la Communauté des Libraires & Imprimeurs de Paris, dans trois mois de la date d'icelles ; que l'impression de cet Ouvrage sera faite dans notre Royaume& non ailleurs, & que l'impétrant se conformera aux Reglemens de la Librairie, & notamment à celui du dix Avril 1725. & qu'avant que de l'exposer en vente, le Manuscrit ou Imprimé qui aura servi de copie à l'impression dudit Ouvrage, sera remis dans le même état où l'Approbation y aura été donnée, ès mains de notre très-cher & féal Chevalier Garde des Sceaux de France le Sieur Chauvelin, & qu'il en sera ensuite remis deux Exemplaires dans notre Bibliotheque publique, un dans celle de notre Château du Louvre, & un dans celle de notre très-cher & féal Chevalier Garde des Sceaux de France le sieur Chauvelin; le tout à peine de nullité des Présentes: du contenu desquelles vous mandons & enjoignons de faire joüir ledit sieur exposant ou ses ayans cause, pleinement & paisiblement sans souffrir qu'il leur soit fait aucun trouble ou empêchement. Voulons que la copie desdites Présentes qui sera imprimée tout au long au commencement ou à la fin dudit Livre, soit tenue pour dûement signifiée, & qu'aux copies collationnées par l'un de nos amez & feaux Conseillers, & Secretaire, foi soit ajoûtée comme à l'original. Commandons au premier notre Huissier ou Sergent de faire pour l'exécution d'icelles tous actes requis & necessaires, sans demander autre permission, & nonobstant Clameur de Haro, & Charte Normande, & Lettres à ce contraires: CAR tel est notre plaisir. DONNE' à Versailles le 19. jour d'Août, l'an de grace 1734. & de notre Regne le dix-neuviéme. Par le Roy en son Conseil.

SAINSON.

Registré sur le Registre VIII. de la Chambre Royale & Syndicale des Libraires & Imprimeurs de Paris, No. 764. fol. 757. conformément au Reglement de 1723. qui fait deffenses art. IV. à toutes personnes de quelque qualité qu'elles soient autres que les Libraires & Imprimeurs de vendre, debiter & faire afficher aucuns livres pour les vendre en leurs noms soit qu'ils s'en disent les Auteurs ou autrement. Et à la charge de fournir les exemplaires prescrits par l'art. CVIII. du même reglement. A Paris le 29. Août 1734.

Signé G. MARTIN. Syndic.

www.ingramcontent.com/pod-product-compliance
Ingram Content Group UK Ltd.
Pitfield, Milton Keynes, MK11 3LW, UK
UKHW012055240726
13965UKWH00004B/1316

9 782012 946699